陈灿诗歌集

怀抱受伤的时光

陈灿 ◎ 著

目 录

辑二　草木有知　/ 051

辑三　人间温情　/ 107

附录　/ 235

受伤的船（代序）

那些日子无论怎样总是拂也拂不去的。

我总觉得自己不是用笔在写诗。提起这管殷红的笔，仿佛是握着战友那滴血的手臂。

我永远忘不了那个断了一条胳膊的安徽籍战友用仅存的一只手拉住裤带的一端，再用嘴咬住另一端，低着头系腰带的样子。那神态，像一座不朽的雕塑，美得凄惨，美得悲壮。谈起负伤的经过，他总是淡淡地摇一摇头。那一天想来似乎在梦里一般，战地的黎明被夹着硝烟味的浓雾紧紧包裹，酣战一夜毫发未损的他和另一位班长想在天亮前把一位重伤的战友送下阵地。不料，那位走在前面的矮个子班长在处处潜伏着险恶的道路上，踩响了地雷。他的一条胳膊当即不知去向，那位班长的一条腿也离开了他年轻的躯体。

我也永远忘不了那个双目失明的江苏籍战友坐在我的床边，向我回述过去一切美好印象时那种万般迷恋和怅惘的神情。他说参军前就有了一个心爱的“月亮”，他说那“盘”温婉的月亮，曾给了他一个又一个失眠的夜，照彻着他青春朦胧而明晰的芳草地。他流水般的忆念着他的心爱。他说他的女友很爱他那双炯炯有神的眼睛。亲近时他的女友总是不吻他的唇，只吻他的眼睛。女友说既然人们都把眼睛比成心灵的窗口，那你的这扇窗口就只能让她来“开合”。想起这些他情不自禁地甜甜一笑，抑又微微皱眉。“她这么爱我的眼睛。可战争却将她的所爱夺去了……”

人生有许多美好，然而美好的东西也难被锁起来，长久独享。望着他空洞的眼睛。我的心里一阵悸动。喉咙直发哽、发颤。

那个从天津特招来的足球队员，在他失去一条腿后，常常把足球抱在怀里睡觉。我知道他怀抱着的只是一个圆圆的梦。然而，谁都不愿说破这一残酷的事实。坐在电视机前看足球赛，他的心情没有轻松过，怀旧中孕育希望，振奋里掺和着惋惜。赛场上他没守过门，国门边他却成了出色的“守门员”。

一声沉重的哀嚎和木呆之后，我们无法抗拒地改变了在母腹里的原始姿态。于是从青春的臂腋下，演化出坚硬的桨橹，我们难以推卸地成了划行于命运之河中的老船夫。十八到二十岁的老船夫……

从前线医院转到后方医院，我第一次拄着双拐到《西湖》编辑部。那位高个子主编一见面就说：“艾青的《归来的歌》终于把你盼回来了。”我是一个文学爱好者，在阵地上写过一些小诗寄给杭州的《西湖》编辑部。当时上海大学文学院几位女大学生在《西湖》杂志社实习，接到我稚拙的习诗，马上写来热情鼓励的信。可不久，我的通信地址便由战地转到野战医院。我的心一下子沉了。她们的心也一下子缩紧了。

就在我极度痛苦、万分绝望的时候，《西湖》编辑部里的几位老师寄来了一大包沉甸甸的礼物。医护人员帮我打开来：有书籍，有杂志，还有贺年卡。其中那本《归来的歌》就是那位主编寄来的。这是一份特殊的礼物，它像一剂奇妙的药，及时医治了我精神和肉体上的失落与伤痛。几年后，那位主编对我说：“当时寄这本书的目的之一就是希望你早日归来，坐在这里给我谈谈你的战斗经历，好让我也受受教育……”

听了他的话，我不禁赧然。是的，我曾经在血与火的疆场拼杀冲突，在死神出没的极地蹲藏躲挪、摸爬滚打。可是，在伤残面前，我也曾迷惘过、彷徨过、绝望过。躺在病床上，当那个比我还小几岁的女兵，穿着洁白的大褂子，戴着洁白的卫生帽和口罩，忽闪着大大的眼睛，认真地一口一口往我嘴里喂饭，轻轻而又羞涩地把便壶放在我的被窝里时我真的绝望了，那一刻我真希望再有一颗子弹突然飞来成全我的冥想。……我不敢相信，刚才还能冲杀厮拼的青年，顷刻卧床肢残！我还年轻，我还只有 20 岁呀！我也有同龄人的憧憬与向往，也有我 20 岁的追求！可是……

“你们的肢体虽然残缺了，然而灵魂是健全的。你们的伤残是为了更多的同龄人不再伤残，是光荣的、可敬的……”是你们的充满理解、催人奋发的话鼓舞了我，使我从病榻上顽强地挺立了起来；是你们唤醒了我一度沉迷的思维，唤来了我对人生的重新认识，对“双拐”的深刻醒悟——“你是双桨／摆渡着一只受伤的船／摆渡着一个不屈的灵魂／在生活的海洋里拼搏远航／生活的最强音是你击响／人类最绚丽的浪花在这儿竞放／你是双翼／扇动着坚硬的翅膀／扇动着热爱和赞歌／扇动着青春和力量／去高奏生命的交响／眼睛里也曾有脆弱袭扰／然而，泪水中却饱含着一颗自强的心脏／啊，你是三脚架／你是永不凋谢的希望／支撑着新绿，支撑着刚毅／支撑着伟岸，支撑着顽强／支撑起一轮血气方刚朝气蓬勃的太阳！”

两年半的病床生活结束了。然而，那战场、那猫耳洞、那野战医院、那医护人员、那断腿残臂失明的伤残战友，以及那从祖国四面八方飞来的“理解万岁”，永远永远地珍藏在我心之深处。

日子如缓缓流动的长河。生死与共的伤残战友们，一个个早已摆动如桨的双拐，划动着一只只受伤的船，摇向各自的故土。

我不再选择。我不想选择。

青春的岁月像条河，河流就是船的道路。我要奋力划着这条受伤的船，把美丽的青春运送到远方，运送到祖国最需要的地方去。

（该文获 1991 年《西湖》杂志社举办的全国散文大赛奖，并发表在该刊当年 6 月号上。）

辑 一

时光流响

双拐

你是双桨
摆渡着一只受伤的船
摆渡着一个不屈的灵魂
在生活的海洋里拼搏远航
生活的最强音是你击响
人类最绚丽的浪花在这儿竞放

你是双翼
扇动着坚硬的翅膀
扇动着热爱和赞歌
扇动着青春和力量
去高奏生命的交响
眼睛里也曾有脆弱袭扰
然而，泪水中
却饱含着一颗自强的心脏

啊，你是三脚架
你是永不凋谢的希望
支撑着新绿，支撑着刚毅

支撑着伟岸，支撑着顽强
支撑起一颗血气方刚
朝气蓬勃的太阳！

床

战争中的一个趔趄
把我和一张床
叠在一起
你不能说我躺在一张床上
甚至我的名字就叫床

我本来有自己的名字
从前沿阵地被运送到野战医院
加 1 床成了我的名字

医生护士卫生员以至送餐的护工
还有赶到医院来慰问我们的
驻地群众与学生
都对着躺在床上的我
亲切地呼喊着床的编号
用一张病床代替我的名字
也代替了我
从此我的姓名就叫床

但我至今没有以躺着的姿势
向祖国伸手
我依然用忠诚的骨骼
支撑着一名卫士的职责

时间的伤疤

我没有病
我被一张特制的病床的编号命名
我知道我和我的名字
都有硬伤

那是一张特制的病床
放置在我住的病房中间
占据着两张病床的位置
我的一日三餐
还有拉屎撒尿睡觉都在床上
这张床上有一个铁架子
我的一条腿就固定在架子上
由于无法更换内衣
在军纪严整的军队野战医院
我只能整天裸着下身
好在这张床上有一个漏洞
恰好设计在我裸着的臀部
女医生女护士不断走到床前
来询问我的感受

她们头上戴着白帽子脸上罩着白口罩
全身都裹着白
我能看到的只有她们的两只眼睛
她们每天只用两只眼睛与我交流
她们的话虽然很温暖
听起来每一句话
都好像从眼睛里流出来
只是在那样的境地里
她们漂亮的睫毛看上去
如同故乡的麦芒一样扎在我身上
让我有说不出的亲切
又有难以说出的不自在

就这样她们把一张床当作我
一天一天重复着这个称呼
打针时喊换药时喊吃饭时喊
时间久了我自己也把自己当成了一张床
只要听到她们喊“加 1 床”
我就同听到喊我真实的名字一样
立刻答应
她们护理了那么久
我也一个不认识
起初我只能从声音辨别她们
我忍无可忍的时候

才说出我的需求
她们的护理很有耐心
但是在这样的环境里
我不想看见她们 我想
她们也同样不忍心看到我
那时候我觉得她们的眼睛要是伤口多好
无论她们怎么护理我
眼睛都被纱布蒙着
这是一个士兵内心真实的想法
虽然她们的眼睛很美

如今这些记忆已经成了
一个年轻士兵心中
始终无法痊愈的
时间的伤疤

心灵的伞

雨，下着缱绻，下着缠绵
心，滴着殷红，滴着思念
世界哭泣了 没带伞
在泪水的集聚地感情的发泄点
——墓碑前伫立
任思绪淋湿我痛惜的情感
我没有看一眼那三月般柔弱的名字
我没有哭哪怕流一滴军人的泪
泪早已被遗憾灼干
黄土里埋着一个开花的名字
春天仍在
她为我已将春之歌唱完

你是踩着发红的弹片哼着
“一条小路曲曲弯弯”的歌来的
仿佛这里不是战场是飞光流彩的舞台
你巡诊的药箱像王芳的腰鼓
在猫耳洞的敬佩中旋转

听说入伍前你考上家乡文工团
实现了你早早渴望的心愿
后来为了绿色的召唤
（还有一种你不愿说出的向往）
把歌声舞姿卷发统统打进记忆的包裹
而当战火烧到了身边
你纤巧的身影出没于硝烟之中
突然忘记了什么是女儿的羞怯与腼腆
将泪水打湿的乡情母爱写在流血的前沿

那天，为了护卫身负重伤的战友
当敌人的炮弹袭来时
你毅然用南方的温柔覆盖住北方的强悍
在血红的晚霞中模糊了一朵朝霞般的容颜
在山溪的啜泣里流逝了欢快的歌声

而此刻，或许同龄的姑娘们
正沿着五线谱走向掌声建筑的歌坛
正在湖边等待春天的约会
或者将闲暇钩成一件漂亮的外衣
或者……而她
已成了动人的故事
在泪水中流传

心，滴着殷红滴着思念
雨，下着缱绻下着缠绵
世界哭泣了　没带伞
墓碑前
任思绪淋湿我潮涌的情感——
呵，你就是我心中永不冷却的
绿色的温柔啊
你就是我永不收拢的一把心灵的伞

轻轻喊你

三十多年没有相见
今天终于站在你面前
一忍再忍
我什么也没有说
只对着一堆泥土屈下双膝
只对着一块石头
轻轻喊了一声
你的名字

子弹都是肉做的

每一颗子弹都是肉做成的
对肉体的追求成了一颗子弹的宿命
当子弹进入肉体
如同婴儿回归子宫

黄金　黄金

一

时间里面的火焰
是炼出黄金的火焰
黄金里包裹着时间
时间的火焰闪着黄金

二

我的口袋里已无多少金银
除了时间我几乎身无分文
但我也已没有大把挥洒的资本
必须让每寸光阴都散发出
真金的光芒

三

黄金从来没有为自己做过选择
也从来没有把自己看得那么贵重
比如出身比如肤色
导游说金灿灿的石头不是黄金石
黄金出生以前很黑

那就把每一块土地都爱成黄金
把每一块黄金都爱成家乡

四

麦子站在麦田里
父亲站在麦子面前
我知道那些朴素的麦穗
就是父亲心中的遍地黄金

五

因为时间关系
自称金牌女解说员对我们说
只能在唐代和明代选择其一
诗人刘年不高的躯体内发出高声抉择
看——明代
其实我们是看明代遂昌黄金窟

就这样唐以来数代被抛在身后
远远搁在历史里

六

四百年前一群又一群人走进大山
他们要从石头缝隙里找到黄金
今天有一群人进入金窟
他们想在史迹中找到黄金一样的诗句

七

是的，不要再埋怨读诗的人越来越少
因为我们的诗篇里
缺少黄金

八

黄金时代一伸手就是黄金
我不敢说出我的热爱
通往明代的金窟
一窟宝藏
一窟老虎

九

我膝下有两块黄金
母亲足足用了十个月时间
慢慢冶炼出来
把我从不是人
变成了人
形成的过程漫长
我使用起来也极为节制
几十年了
只在父亲坟前使用过

把诗歌放进一条江里

如果可能 我要把我写下的所有诗句
放入你的怀里一一涮洗
洗去炮火洗去硝烟洗尽
枪声洗尽伤痛与呻吟
洗掉诗中的细菌与语病
像编辑家的大笔删繁就简
只留下那些
像你一样干净的灵魂
呵 一条命运般的江河啊
到处的水都已很浑
只有你还干净着呀

如果可能 我要把你流动的柔情和
一路溅起礁岩般坚硬的诗句
装进我的行囊去告诉
四面八方会写诗的朋友
面对你——我要收起
祈望成为诗人的梦想与痴情
收起早已写秃的一支笔

写了半辈子的文字
谁的诗句能像你一样
让人过目不忘

受伤的河流

——五月五献给屈大夫

那么多桨使命划 划
仿佛是在打捞一条河流
他们无法抵达内心的愿望
把河流划出一道道伤
一条有良知的河流
不惧怕伤痕累累
不会计较即将死去的时光
岸上喝彩
水上齐桨
喝彩的人想把自己倾吐河里
为一条盲目的船加速
划桨的人也想把自己划出去
却不知道终点在哪里
一条不问方向的船
如同一个没有目标的箭镞
盲目 却明确了可以选择自杀一样的归途

大海

告诉你
大海
威力没有边际
如同一只蚊子
能够让皇帝对自己
狠狠下手
而且手上粘满
自己的血迹

我看到了大海

我看到了大海
大海真大
比我内心的孤独
只小一点点

我看到了大海
大海真大
比我内心的赞美
只少一点点

回头潮

你拉也拉不住
我必须回头
我要回过头来告诉你
一朵浪花也有自己的难言之隐
我是浸泡在大潮中喊渴的一滴水
就像两岸守着汹涌江水喊渴的人

孤独的人

——致海子

辨认太久
孤独的人
面朝春天热闹的花海
缓缓弯下了腰亲近泥土
春天里
孤独的人弯下腰身
不是枝头挂满了果实
而是因为早已把自己腾空

好望角

一块石头选择了一个最佳角度
久久站在时间的骨架上
海浪一次又一次扑过来
想要紧紧抱住什么
又像要拼命推开什么

该来的总是要来
该去的终归要去

来吧风暴
来吧苦难
来吧邪恶的乌云
来吧凶残的雷电
既然我站到了这个角度
就是为了迎接一切挑战
既然命运将我塑造成一块危崖
我就是大海的死对头
不，我就是海岸线上不倒的帆
把所有苦难
载向彼岸

在大海中仰望一片云

我看到了你 看到了
你这大海走失多年的亲戚
你在寻找来时的路
可是你已无法回到过去
看到大海你仿佛看到自己

啊 天空也是大海
越来越多的钢铁飞行物
也是你怀里的一艘小船
带着人类的梦想前行

每一朵浪花都是大海绽放的云朵
每一朵白云都是大海嫁走的女儿
远方也是故乡
从大海到天空
天空是大海倒影
大海是天空母亲

大海的诉说

在我来到这里以前
眼前的一切都是传说
礁石是我的梦里方舟
大海是我幻觉里的床罩
你的起伏连接着我的心跳
“大海！谁说我的心里没有波涛？！”
这是一个诗人死去的声音
这是一个诗人不死的诉说

涡河大坝

一

我的家乡在涡河岸边
位于涡河大坝燕子集那一段
现在行政区域调整
燕子集飞走了唤来
一个新名字叫淝南
这不是问题
关键在于燕子飞走了
涡河大坝边的柳树也没有了
想不明白 可能是
没有燕子也就没有了二月春风
杨柳的细叶再无谁来剪裁的缘故吧

二

像一条巨蟒在脚下动着
我站在涡河大坝上
童年欢乐的河水一下涌了上来
将我冲到春天的高粱筏子上
春天的高粱筏子上两根竹竿

曾打捞起一片日月
满河星光

三

岁月无声流淌
涡河边的大坝无声流淌
涡河曾经不动了
包括把我喂大的一河水包括
河里鲜活乱蹦的鱼虾
都在利益的利斧下
一一受伤甚至死亡

四

一条漏网的鱼说着家乡方言
游了回来
其实涡河大坝在
方言就在
即使成为遗址仍然会有乡音在上面行走
永远不会脱落

天越来越凉

天越来越凉了
眼神都有些打颤
爱情不停哆嗦
许多动人的话语早已站不住脚
房子冻住了年轻人打不开
一个一个回不到自己家
那些越来越宽的路上铺满牢骚——
办公大楼越来越漂亮
许多事情办得不漂亮
理论研究越来越深入
双脚不沾染一丝青草或尘土
天凉了天越来越凉了
感觉也跟着越来越凉
城里人各自躲在暗处使劲编织微博
希望共同用力包裹寒冷互相取暖
让天气真相于天下早早预防
于是群体娱乐活动演化为
越来越多的群体性事件
气象台测不出天地良心

天渐渐暗了下来

天渐渐暗了下来
先是太阳落下山去
接着夜色就漫了上来
有些清晰的事物开始模糊
有些本来十分熟悉的方位
已经不能准确判断
哦 别怕
天空暗下来了就
让我们内心更加亮堂些吧

一天比一天寒冷

天气就这样一天比一天寒冷
夜空飘满坚硬的石头
那些寒冷的发光体
超过现实的心脏
寒意胜似生活中
常常遇见的目光
心无所适从
手无处安放
行动比无为更加荒唐
这来自自然界的变化
都是从脚底下开始
一点一点向上蒸发

台风梅花来的时候

啊　真是佩服呀！台风来了
这民主的风啊居然在深夜刮来
拉票的电话
啊　佩服啊　让你佩服得难以找到
适用的词语表达

梅花啊　明天我要远行
别怪我只把一个倔强的背影留下
我要走了
哦不　请你们原谅
我已经不再愿意陪你们玩了
我的肉体为了脚下的土地已经伤痕累累
我的心儿又一次次受伤
在和平的屋檐下……

这样的天气

天很高了
我们看得见却摸不着
云很清了
我们读不到真实的内容
风很浑了
我们接受着却全然不觉
这样的天气里
除了感叹之外
就是晒一晒太阳或者
坐在树荫下承受潮湿
的空气和热风

轨

半生最羞于启齿的一件事
就是撞见村头那两条交配的狗
背过脸去狠狠地大骂了一声
滚 不要脸的狗东西
可是它们当时根本就没把
我的怒吼当回事
依然干着它们自己想干的事
几十年后回想起来突然觉得
可能是我转过脸去
目光所指的方向
让它们误认为我的吼声是
向着我的同类
与它们无关

一个人的朗诵会

我独自站在舞台上
我听到一个声音在问
现在谁还在写诗
我回答：我
这声音通过麦克风
百倍放大
仿佛要把我抬起来
仿佛要把我
也当成一个汉字
通过话筒
从嘴巴里吐出去
或扔到观众席上
无数迫不及待的耳朵里

可是当灯光亮起来
我发现剧场很安静
每个座位上
空无一人
而我的朗诵就要开始

名人的悲哀

知道你是诗人
不知道你写过哪一首诗
知道你是小说家
从未读过你写的一个字
知道你是影视剧明星
没有看过你演的一部片子
知道除了知道你是名人
和名人那些八卦故事
其他我们一概不知
名人真的只是一个名字?
如同我知道有的人是人
却不知道他究竟干了哪些人事

身边的人

身边的人
是那个终身对我好的人
白天想着我的衣食
夜晚想着我的冷暖
可我一直对他没有好脸色

身边的人是个一直爱我的人
能原谅我的弱点的人
却也是我一直对他发脾气的人

远处那个盯着我的人
终于向我走来
他用力抓住我伸出的友情之手
将我推向悬崖

身边的人原谅我
把一生的好脸色
给了把我推向悬崖的那个人

亲切的刀子

切开包装
剔除多余部分
让生活露出本质

渴望这把刀
一把亲切的刀子
现实中一直在梦中飞着
未落入手中

那一年

——写在中文班 30 周年同学会之际

那一年 不曾有约
我们走进同一所校园
你们青春亮丽的身影还带着故乡的样子
我刚刚走下战场身披还未散尽的硝烟
这是命运怎样的一次安排哟
要知道世上每天有多少毁约的事情在上演
你，你，还有你……我们
不约而同坐在了一个教室里
我们又走进同一张照片

现在想起初遇的那一年
真的仿佛就是眼前
你，你，还有你……
都还是徐老师采访我后
仓促促成的那张初识时合家欢上的样子
青春笑容也可能只有在同学会上才会真实再现
不容易啊——
三十年了都 !!!
有句想对你说的话好像

刚刚走到唇边还没说出口
悠乎间已经走过了三十年
时间时间时间
如果相识就是为了告别
我相信告别就是为了等待再次相见
相见时呵 总是要慨叹着时光易逝
可又都说十年才能磨出一剑
其实我想说只要情意在无须再要那把剑
最厉害的武器就是时间
但它丝毫没有把你，你，还有你
在我心中美好的昨天削减
那应该没有什么理由怀疑今天
你，你，还有你……
三十年来
声音在耳
身影左右
从来不曾走远
在心中你们就是我
不忍轻易写出的那一首最美诗篇

把夜晚打开

所有的地铁都已停开
所有的房门紧闭起来
灯都被虚假罩住
路不通了你还能
走到哪里去
这无边的夜
无边悲哀着
连想也想出不来了
失逝的飞机为谁
划过一道尘埃
这是凌晨一点零七分的指针
推不动古老的门扉
你说刚找到钥匙
所有的门锁都已更改

那就把夜晚打开
让东方亮起来让
所有睡去的灵魂

懂得明与白让
视而不见的眼睛
风月满怀

扒开秋夜的声音

西湖边一处庭院中有座小山
外面的人在夜里是不会来的
我陪几位上面的领导散步
夜色中弥漫着秋虫的声音
一位领导忍不住转到路边
站在发出清脆声音的草丛
弯下轩昂高贵的身躯
用双手扒开夜幕下
那簇发出声音的草丛
声音没有中断
可能是那音源根本就不知道
这是一双部长级的手
在亲近一丛夜色中的草
和夜色中那一捧抓不住也
扒不开的声音

这些雨点听声音很熟

这些雨点听声音很熟悉
叽叽喳喳像邻居家的玩伴
其实来到身边即使粘在身上
我也一个都不认识

这些我一个都不认识的
雨点落在身上
像那些强加在身上的不实之词
尽管不能将你致伤
但至少可以把你的衣服打湿

红月亮

——仰望天象奇观

不要相信月亮会真的红起来
如同不要相信月亮真的会永远圆下去
你看今夜就要上演月全食
其实这些都是一种表象
天南地北
只有我站在寒冷夜空下的兄弟姐妹
被欲望冻红的脸是真的
但他们的表情也是假的
不信你问问
他们自己也不知道
那一刻真正想要看到什么……

秋凉

秋凉是我老家方言中
对秋天一种昆虫的名称
它小小的身躯
立在门前高枝上
声声急迫真能够
把秋天叫凉
唤醒遍地茫茫白霜
树叶如花黄
花的心香早已经不知去向
天地不知道
一只小虫
孑然泣诉如
一孔无弦苦管
秋怨满腔

雪

推开房门
无边的白
紧紧缠裹着大地
我不忍踩下脚步
我怕踩伤
这座城市被
感染的伤口

一场婚宴

一场婚宴飘荡着葬礼气息
虽然假借人民的名义
安排在宴会厅里

一场大美被一个小丑弄脏
祝福声嗡嗡叫着如苍蝇
叮着没有开席的菜单

5 月 19 日这场婚宴
掉入死亡之夜
我看到一堆骨头
被堂而皇之地摆上桌面

这是大雨过后的南方
白天强烈的阳光
加重了夜晚浓妆艳抹的言词
令人作呕的腐朽气味
当我愤懑转身
却没能忍住把内心翻滚的呕吐物

喷在设席者的脸上

一场婚宴开席
我已经把目的地告诉了出租车司机

辑 二

草木有知

相遇一片茶

你知道

壶，一直在默默等你

像一条道路等待熟悉的脚步

如十万里大山等待马帮铃响

你知道

水，一种久违的渴望

像一场泪流满面的相思

要把你的骨头泡暖

想把你的心泡得绵软醇香

是的，我们都知道 一片茶

如同一个有远方的人 内心

也有一个炊烟袅袅的故乡

今天，我们执手相望

但谁也没有说一句话

只用焦灼热烈的唇吮饮

一种叫幸福的东西

缓缓落入愁肠

从此，你的疼痛里也有了故乡的味道

在遂昌与桃相遇

在遂昌我们端坐在一支昆曲里
欣赏着迷人的牡丹亭
我们没有看到一朵牡丹
却在一座姹紫嫣红的城
与满城的桃相遇
如他乡遇故知
每一株桃树
就是我们的一位亲人
你看，那每一根桃枝
都是一条通往故乡的小路
每一朵桃花
都是一把打开故乡的钥匙

我看到四百年前一位从临川来的县长
从遂昌县衙走进民间
来到桃花盛开的地方
我知道这位充满文人情怀的官人
没有把异乡当异乡
他说桃花盛开的地方就是我的故乡

他还说有桃在
故乡就在

相距四百年后的这个春天
我站在距离故乡八百公里的地方
听到了来自家乡的声声呼唤
呵那一城桃花仿佛都带着乡音
用浓烈的方言在喊我
我真实地感受到
桃花盛开的声音
就是故乡
开门迎我归来的声音

春暖花开

一缕风拉着另一缕风
像一个人挽着另一个人
抖落满身雪花和内心的寒冷
揣着一腔热款款而来
轻轻翻动我置于窗台上的日历
像翻看一个人新年里的小小愿望
像翻开一层地衣下覆盖着的薄薄命运
我看到那些睡花眠草
一个接着一个睁开眼睛
一个接着一个翻了翻身子

小草嫩绿 柳芽鹅黄
一朵梅花跋山涉水
在月光下斜斜地举着一枝暗香

春暖花开
这是一年最好的时光
一缕清风不会计较岁月无常
甩掉嘴角挂着的抱怨

扔下身上背负的委屈和暗伤
用笑容挡住眼角泪水鬓角白霜
用心中的暖融化情愁
用灵魂的干净驱散雾霾
用思想的炊烟唤回故乡
用慢下来的脚印标识岔路
用一生坦荡换成我们真正
想要的每一天

啊 春暖花开
分别一季的燕子
把一句问候从远方衔来
像母亲的一个手势
四面八方赶来的孝心
一遍又一遍轻轻抚慰
聋了多年的老屋

老屋从来不曾老去
少言寡语的老屋
一直蹲在村子里
如同一棵慈祥的树
守护着儿女们第一声啼哭
这些挂满儿女啼哭声的枝杈
一次次让老屋笑出春的味道

笑成人世间最温暖的花朵
笑成我童年的一件新衣上
一枚漂亮的纽扣
那枚我至今仍喜爱着的纽扣
把我同故乡紧扣在一起
一生都无法解开

风吹草动

一棵草
因为一阵风被误解这么久
谁真正想过

草不是被风吹过后才会动
其实每一棵小草都是
自己从厚重的泥土里
慢慢地爬了出来

风 无论多大
我从没有见过一缕风吹进泥土
并且生根发芽开出花朵

和春天住在一起

此刻 夜已经很深
但我毫无睡意
春天来了
我和春天相见欢

北方人总是把江南视为春天
或者认为春天就是江南
其实江南也有春天适应不了的坏脾气
但我愿意听她调遣
像工洛宾喜欢那根
轻轻打在身上的牧羊鞭

呵春天来了
和春天住在一起
草木都已醒来
我还怎么睡去

冬至，致远方友人

今天是冬至，气温骤然下降。此时，
我坐在尚留暖意的江南，
想着你，给你送去一句温馨的问候。

——题记

冬至江南
飘来老家童年的蜃景
北方 冷飕飕的乡音
覆盖一阕清瘦的宋词
瞬间改变
扑打在窗棂的风声

如约的雪
展开一纸期待
洁白如肤
让我践行承诺
冬至，端一碗温暖的词给你
这是我 今年
冬天的打算

今年冬天

我将用诗歌取暖
把江南粉红的脸
献给
所有被寒气锁住
不能打开的窗
这是一个冬天的造型
这是一位江南的友人
仅剩的一湖春天

寻找清水

一片云怀念天空短暂的蓝
一条河回忆一首诗给的答案
大地起身上路
寻找清水
问渠渠水停止了思考
连一口痰也吐不出来了
想不起干净的源头
是否还活着
古人说
寻找清水
比寻找一个清水衙门还难

回家过年

远方摇曳的目光
带着浓浓乡音凝成的呼唤
回家 回家过年

从一个村庄到另一个村庄
从一座城市到另一座城市
从南方到北方
从北方到南方
只要搭乘上同一个方向的汽车飞机或轮船
乡音就开始响在耳边
路再遥远隔不断情感的脚步
离家再久忘不了熟悉的田园
返乡的路在等待启程时
就已经在心中走过千遍万遍

其实回家的路途实在不易
回家的时间的确短暂
能在年假里做的事更是有限
然而哪一根枝条

都忘不了根的滋养
哪一片叶子
都铭记着自己的昨天
过年了 回家
就是听一听老家方言
看看村庄日渐精神的容颜
这许多心里的话儿
就是要用乡音表达
才显得踏实自然
如村里的茅屋 田园的庄稼

那短短的假日里
把自己浸润在年味中
仔细体会记忆的童年
在祖宗的像前敬一炷香火
在亲人的坟头烧几张纸钱
在团圆的餐桌上放纵亲情
在好友的聚会中畅叙心愿
在邻里的问候间祝福来年

回家 回家过年
回家过年就是炎黄子孙游走四方
也要游回生命的源头
让一坛乡情 把心灌醉

年来到

雪无声地下着
年深一脚浅一脚走到跟前
一年又一年
走过春天又是春天
寒冷或是炎热
在时序的更替里
结束又开始
一步一步仿佛在重复自己
其实无论你我
谁也无法走回半步从前

一年一年啊
我们总是用隆重的仪式
向心中情愿或不情愿的昨天告别
为了告别的聚会啊
不只是告别
该去的终归要去
该来的一定会来
张开双臂

让我们拥抱　哈着热气
迎面而来的
崭新的一年

一截柳干

是的 我看到它发出芽来

一截被伐倒的柳干
无根无枝无叶
孤独地躺在庭院里
无依无靠地独自发芽

一截无所依存的柳树干
内心也有一个不死的春天

一棵树坐在椅子上

一棵树坐在一张木椅子上
但你不能把椅子与树木一视同仁
特别是不要指望任何时候
任何事物都会从对方的角度思考问题
树木不知道椅子的今天就是自己的明天
椅子早已经打磨成听话的道具
也无力去回想枝繁叶茂的昨天
只是让树木在自己怀里尽情舒展枝杈
表达隐晦的树根深藏内心的想法
慢慢走进自己

一把刀进入树木

无奈的人生里
常有一把嚎叫的刀

——题记

树坚定地站着
当一把刀插进去
我听到刀的嚎叫声
那声音吐着寒光
紧紧拉住持刀人的手

一棵树 一把刀 一条手臂

其余的我看不到什么
不知道是树害了刀还是刀害了树
抑或是手臂被刀握住
最后 我清楚地看到或听到
一条手臂被刀的嚎叫声
优美地勾引
进入树的忍耐里

其余的我还能说些什么呢

从木头中走来

父亲把我从树林中领出来
他看着我 不说话
用坚硬的下巴提示一条道路
于是我像树上的一只蚂蚁
开始聚精会神地 爬

我看到许多不情愿的叶子
在秋天纷纷落下
于是父亲倒下了
一棵树也像父亲一样
从木头中走来
又走进木头

伐木

你赤裸裸地仰躺着
眼含热泪

只那猝然的一声
你独自走去
而你的亲人活着
你孤独地哀悼活着的友伴
像一个做错了事的孩子
蹑手蹑脚返回村庄
背着昔日的行囊
艰难且默然地行走

想想过去
许多枝丫都变得意味深长
这季节心情多么重要
你想
阳光再也无法照耀
最高的那棵

桌子

坐在你身边
我的心里感到无限踏实
我们平等相待
我们亲切地坐在一起
互相对视
默默无语　无话不谈
你早已忘了斧子刨子锯子的残酷
我牢牢记住父亲的巴掌母亲的责骂
以及后来射入我体内的一颗子弹
这些都无关紧要　这些
对于你我都是身外之物
你以温柔为食　我以淳朴为衣
你形单影只地来　我孑然一身地找你
我们接吻拥抱自然平静
夜晚　我在你背上写诗
我和我的诗歌同时感受着你的温柔
躺在我怀里　静静地
你睁着橘黄色秀眼
尽量避免一些回忆
静静地感受着美丽人生

独木

独木不成林
独木像一个单身女人或光棍
躺下时
把手放在乳房或胸脯上
就会痛苦地想　母亲
怎样用它将自己奶大
父亲 如何用它给母亲
遮风挡雨

没有人清楚过
即使从不用心也会感觉
实在的生活实在不需要属于什么
要知道　没有归宿
本身也是一种归宿
没有结果
本身也是一种结果

独木不成林
独木可成为参照物

独木可以为桥
或一截古道
一段岁月

母亲　是我把你送上手术台

我架着你的胳膊
你疼痛的心
慢慢平静下来
你把时光倒了过来
你始终觉得只是你的手
在搀扶学步的儿子
在乡间玩耍
可是　母亲
我斗大的字不认识一升的母亲
你颤巍巍地走向前面那扇门
那扇明晃晃的玻璃门上写着
三个醒目的大字——手术室
母亲　我们不是去看风景
这里不是公园
我是在把你送上手术台

母亲年近八旬
当我的手从你手中抽开的瞬间
我清楚地感受到你一阵惊慌

好像我在儿时你手里
没有握住我的小手
不知所措地四处张望

母亲 一道玻璃门像一道闪电
划分开母亲与儿子的张望与搀扶
你颤抖的脚步盲目地
跟着一位漂亮的护士向前挪移

可是母亲我知道手术台上
你被麻醉药迷惑的神智里
依然还在念叨 孩子别乱跑
娘累了 让我睡一会 好不好
这就是母亲你一生中对儿子
提出的最大的请求

写在中国美院民艺馆

——兼致一位国画大师

走过秦砖
越过汉瓦
穿过一道明清徽派老墙
披着现代风雨与情怀
我们走进民间

来到泥土石头和木头中间
一股原木的气息扑鼻而来
如同游子归乡听到乡音
亲切随和友好温暖
这些朴素敦厚的器物
都是我们熟悉的乡亲
他们从原始的状态走出来
抵达自己可以抵达的位置
用自己独特的语境同我们交流

面对一张椅子一只茶壶
或者一个石墩
我们仿佛看到来自乡村的父母兄弟

他们不善言辞又心怀大爱
他们出生仿佛就是为了吃苦
一生被别人把握却心满意足
如同理解自己手里握着农具
伺候玉米土豆水稻和高粱
只是作为椅子离开了屁股
他们总是感觉不够踏实
只是作为石墩失去滚动
他们总是有些不自在
而作为一只茶壶
没有手的把玩与唇齿相亲
总是觉得自己少了许多人间的温暖

一张中国宣纸

——写给中国美院王赞

一张中国宣纸来到大洋彼岸
躺在世界顶级的哈佛校园
一位中国山水画大师
站在这张宣纸前凝神沉思打量
他一手拎着一只普通的红色塑料洗笔调墨桶
一手紧握一支锋芒毕露的中国毛笔
他从那张纸左边走到右边
目光从那张纸的上方打量到下边
他在为一张纸寻找最大价值体现
也在为中国山水画寻找一个伟大的突破口
而身傍一群异国的围观者
在等待一场惊喜又仿佛是等待一个危险

突然 这支饱蘸中国墨汁的笔落了下来
一张纯净的中国宣纸上
顿时出现了一个巨大乌点
像江河堤坝出现了一个管涌
神思妙境从笔管喷涌而出
大师的笔不停涂涂抹抹圈圈点点

大胆狂放地泼墨让观赏者眼中的疑惑
演绎成精彩呈现

他躬身时如一尊海边经历过风吹浪打的礁岩
他直起腰时
一张平静的中国宣纸上早已经巨浪滔天
而他那一米八十的身躯
则像起伏在钱塘大潮中挺拔骄傲的风帆
驾驭一艘艺术之舟勇敢驰向大洋彼岸
此时，你再打量他手里的那只小小塑料水桶
忽然感到黄河长江就在他的手里拎着
不 其实那张中国宣纸知道
当中国美术大师手中的笔
在它身上轻轻一点
一个惊艳世界的奇迹已经出现
一位中国画家心里
装着黄河长江的狂潮巨澜

节气（组诗 24 首）

如果你想把题目上这两个字倒着去读，我也愿意。

——题记

◎ 立春书

从今天起要真正认识自己
这一天不是人类的第一天
爷爷奶奶和隔世的阳光都曾见过

春天回来如一个人回归故乡
对不切实际的枝杈一一修剪
再放平欲望的梯子

退回到命运根部
施肥培土浇水让生命
始终保持一棵树的向上姿态
并学会忍耐或等待 谨防
刚刚发芽的暖
被倒春的寒流冲走

◎ 雨水记

来吧。时间走丢的孩子
黑夜里不停拍打失眠的门窗
我是我自己的讨债鬼

用一生换来汗水 用汗水
洗涤天空用天空掩盖谎言
用谎言管理账册

汗水被天空收购
付不清的账单来路不明
一朵花渴望被帝王紧握
一滴雨梦想化作一道闪电
我在一个小本子上写下诗句，妻子质问
你想把这笔账——记在谁的头上

◎ 惊蛰记

睡吧，连绵假寐的群山
睡吧，彻夜失眠的大海
睡吧，脚手架捆绑着的土地

不要醒来也不会醒来
被收藏家锁住的古村落
被规划改造熄灭的炊烟

永远地睡吧 人类的智慧
睡在我一再让步的地方
整个把我占有压住我被清醒撕扯叼咬的灵魂
让真实睡去 像死一般睡去
让复制复活 过冬的雷鸣
发出咯咯的笑声

◎ 春分记

黑夜与白天两只手平分春色
一前一后一上一下或一左一右
像两只耳朵聆听时间

测量命运
一张纸的正反面
不厚此薄彼

昨天装满了今天的梦想
今天你好 我要在明天等你
我躺在大地这张病床上
觉醒的裸体浸泡在泪水中
让我们为一张纸设计的理由
——干杯

◎ 清明记

您拉着我的小手
走着走着
就把我丢在梦里

就像我拉着您
去看病的那辆平板车
至今还痛在半路上

走着走着您就走进
家乡那一堆泥土里
我怎么喊都不出来 父亲
我从梦中醒来您却永远睡去
麦子熟了杏子黄了跟您没有关系
可是您坟上的每根草都长在我心里

◎ 谷雨记

粮食足够用来哭泣。
命根子一再萎缩 泡在
工厂排泄的毒汁里

烟囱坚挺 举着土地的咳嗽
阳具萎靡 低着干瘪的欲望
缺水的稻秆缺肥的麦穗

村庄流着鼻涕 穿上了西装
领带不会系 常被女人用来系裤子
回乡的游子说着半生不熟的官话
像碗里的夹生米饭难以下咽
请不要模仿古人松下问路
村庄自己也早已不认识自己

◎ 立夏书

时间不温不火
青春。昨天一张牺牲的脸
嘴唇和眼睛长满树木

谁在昨天的树下舒展枝杈
张开手掌倾听绿色火焰
朗读布满皱纹的时间 灰烬

火的沉默 打开你
幸福。一颗挂在树叶褪尽
枯枝上成熟的果子
欲望撕破形象的画布
令人心碎的形象呵 不再需要
一棵树对我们已经足够

◎ 小满记

可是我并没有说出我的不满
作为一株努力生长的麦子，立春之前
我已经饱尝了小寒与大寒

今天是小满，我不能说出我的不满。你看
过冬的太阳用它不需要的水分和热量
一点一点温暖我，让我抽穗灌浆渐渐地满

今天又像我的生日，我不必说不满
小满本来就不是满。夏季来临
我还要把汲取了一冬的水和热
从内心掏出来，一滴一滴偿还
只到秆黄叶萎
只到灵魂枯干

◎ 芒种记

终于摆平了自己
麦子躺在麦田上做最后拥别
镰刀痛在握镰者手里

磨损自己成全了刀锋
舍弃青春长出麦芒
都是自己把自己逼到了绝路上

麦芒至死不肯低头
镰刀与磨刀石互不相让
把麦子喂大土地掏空了自己
风一阵紧似一阵把自己吹凉
收割的人割倒了一个季节
播种的人把自己种进了泥土里

◎ 夏至记

今年的夏天提前到来，北方
的父老乡亲兄弟姐妹提前迎来
最长的一天。

——题记

热
三场大火还不够的热
又加上南方一辆满载生命的公共汽车

热
热血沸腾的热
热泪汹涌的热

热
让北方夏季提前到来的热
让粮食挣扎着回归泥土的热
让生命灰尘一样飘落的热啊
火越烧越旺 心越来越凉的热啊
除了热泪盈眶我们还热着什么

（补记：2013 年 5 月 13 日后东北三省连续发生火灾：黑龙江中储粮库大火、辽宁中石油大连分公司油渣罐爆炸起火、吉林宝源丰禽业公司火灾，仅吉林一场火就造成120人死亡。眼泪还没有擦去，悲剧又于同年6月7日在福建厦门上演，一辆满载着乘客的公交车起火，造成42人死亡、33人受伤……）

◎ 小暑记

听到了么 听到了么
那不是夏天的声音
那是一只出土的蝉对天空的证明

一只蝉一个浩大的天空啊
请充满谎言的风闭上嘴巴
没有一棵树高过一只蝉的声音

谎言总是贴上真理的标签
如同一阵风总想站成一棵树的样子
如同一个人总想走进另一个人的内心
其实没有一只蝉愿意居高临下发号施令
那只是一个不屈的灵魂发出
大地也压制不住的雷鸣

◎ 大暑记

诗人们，收起你的笔
请少浪费一滴笔墨留作
泼洒发烧的土地

面对一个正在孕育生命的女人
亲手导演的一幕
绞杀生命、道德与善良的恶剧

诗人们，请让那些肉麻的
诗意、通感与含蓄统统见鬼去吧
如果酷暑高温下我们的心还冷得发抖
如果我们的诗句里挤不出一丝骨气
那样的诗还不如上古时期
一头黔驴对老虎放出的一声响屁

（注：2013 年夏季，全世界遭遇持续高温天气侵袭。据悉，国内多地气温也创下近 60 年左右的新高。可是，在这样的天气里，在诸多高温报道中，夹着一个令人难以置信的消息：黑龙江一个 17 岁的少女，送一位路遇假装肚子疼的孕妇回家，

没想到被孕妇早已预谋守候在家的丈夫迷奸后又残忍杀害！在这盛夏高温天气，这个消息像一场冰雹劈头盖脸地砸了下来，让人晕头转向，既不认识天空，也不相信大地……）

◎ 立秋书

握法槌的手握着阳具
握教鞭的手打开邪恶之门
天使贩卖婴儿的哭声
孕妇怀着肮脏的灵魂

齐了 一个都不少
这绝不是拍摄一个都不能少的那个山村

到处污染的空气中
哪里还剩下一个山村少女干净的眼神
这里看到的人早已不是人 虽然
今天是立秋
世界依然持续高温
心里一阵一阵发冷

（注：法官集体嫖娼、小学教师带学生开房、妇产医院卖新生婴儿、孕妇骗少女给其丈夫发泄后并共同残杀分尸……一个个新闻事件伴随着持续高温的天气，把人冲昏……）

◎ 处暑记

从今天起知道了什么是落井下石
从今天起知道什么是墙倒众人推
从今天起一头雄狮瓦砾中从容现身

昨天是明火执仗
今天是趁火打劫
更要记住那个东郭先生

一名政客今天在公审
一个名女人今天在异国大婚
都是一流的好演技
今天是处暑也是鬼节
真假难辨
人鬼难分

◎ 白露记

一滴水干干净净地来。

——题记

一滴露水无法选择自己的命运
挂在岁月的腮边上一忍再忍
干净的灵魂被雨水搅浑

站在草叶上悲伤的一滴露水
多像站在雨中哭泣的一个人
谁能分清那是雨水那是泪痕

我不能将一滴露水切开
一滴水也有自己的灵魂
一缕秋风拂过这往日的水
仿佛轻抚着隔世的痛
太阳几天都没有转过身来
看看一滴露水渐渐枯萎的疼

◎ 秋风记

两只手终于成为连体婴儿
十指捏紧在众目睽睽之下抖动
如成王败寇的花朵。

昼夜终于平分了秋色
可是众人闭上了眼睛
谁能诊断出黑暗的沉疴

黑白如果真会颠倒
阳光就是寒颤不止的理由
既然最爱的人一个个背过脸去
就让爱远走吧
毕竟你是个肚子里能装下江山的男人
再装点苦涩与隐忍又算得了什么

◎ 寒露记

月亮脸红是因为太阳
你脸红是因为我吗
我心中的月亮

红过滤了一个时代
同温暖没有关系
如同今夜红红的月亮

目光向上仰望
心情向下倾斜
月光在地上走
我的诗在空中流
倒映来自民间的词
如一缕相思拥堵着过往

◎ 霜降记

又一个季节转过身去
如同一个人丢下一日三餐
没有说声再见就渐行渐远

不打声招呼就走的节气还会回来
可是不断招手说着再见的人
一不留神永远无法再见

今年初春那位浇灌出小草的诗人走了
今年盛夏那位写华南虎的诗人走了 只留下
那一枚破碎滴血的趾爪在文学史上喊着“疼”！
初冬时节 这位嗜烟如命的诗人穷尽一生
也没有吸完俗世的乌烟瘴气
自己也化作了一缕烟尘——

（注：此诗最初酝酿于2013年2月惊闻雷抒雁老师逝世，后又连续传来另外两位老师远行的噩耗。诗中三位诗人雷抒雁、牛汉、韩作荣分别于2月14日、9月29和11月12日逝世，谨以此诗记之。）

◎ 立冬书

今天给母亲打电话
母亲的声音从千里之外
一字一句跑进耳朵里

我听着听着耳朵热起来
母亲的话语像儿时的耳罩
把远隔千里的儿子说得耳根直发热

母亲没说别的
只说住在你那里血压老是降不下来
回来到村卫生所里量过几次
赤脚医生连药也不让吃了
母亲问我是不是住在高楼上
血压也就跟着高了呢

◎ 小雪记

如同一朵花押解一个春天
一个人一生被一个名字纠缠
太阳也改变不了被命名为小雪

一个看上去亭亭玉立的名字
喊一声就担心被融化的名字
站在城市的门槛上与太阳拥吻

你喊也喊不停的阳光
你拉也拉不住的流年
许多称呼与现实并无必然联系
就像此时的阳光雪花般飞舞
落叶羽毛般鸣叫着离开枝头
扔了一地无法收拾的陈年旧事

◎ 大雪记

——献给黑人领袖曼德拉

我是北方长大的孩子
我认识雪
我知道雪是白的

今日大雪一个很黑的名字
覆盖了这个世界上所有的眼睛
黑白分明的眼睛

他生来就很黑
他热爱黑也不反对白
他用在黑暗中紧紧咬住自由的牙齿
把白与黑紧咬在一起
咬出一片白
大雪一样的白……

◎ 冬至记

我把一个冬天揣在怀里
从今往后我将春风满面
并赶在西子湖边第一朵桃花盛开之前

从此我就是一个怀揣冬天的人
冷言冷语冷心冷面 还有那一排
挂在屋檐下寒森森的冷箭

我把一切寒冷的东西装进心里
不会掏出一丝冷风袭击人类 并把那块
压住小草的石头焐暖
让冷漠的语言充满热情让结冰的友谊
冰释前嫌将一肚子凝结坚硬的苦水
融化为热乎乎的尿液反哺农田

◎ 小寒记

你把谎言写在冰块上
这些见不了人和阳光的文字
透着人性的凉

你把人格撕碎雪一样撒落
给真实蒙上一层假象
企图用一张纸将火焰包藏

我要把你污染他人的文字脏水
端出来作为你一生的悼词
我要把你内心那一块黑掏出来
站在阳光下向你的亲人宣读
我要劝慰他们不必为你悲伤
我会把你自拟的评价与遗像加上黑框

◎ 大寒记

我在盘点自己
我在抚摸一年下来依然干瘪的口袋
我在跟自己争吵

我在争吵中发出的声音
都是硬币碰撞硬币的声音
我在寻找一支暗箭射来的方向

一支暗箭离弦一个人失去了天良
我在细数自己的汗珠子
每一滴都带着血的色泽
我的灵魂正向远在乡下的母亲下跪
这一年我没有做出什么像样的大事情
唯一可以说出口的是我还是母亲希望的那个孩子

辑 三
人间温情

怀抱青草一样的时光

——写给拓荒者的青春挽歌

知道这里天远地偏
可是爱情不需要热闹
你看风沙都被我们踩响了
往后日子也会有声有色
亲爱的 今天我们结婚了
眼下虽然两手空空
这两双空手就是财富
一棵树可以撑起一个家
一片草场可以喂肥日月
一粒种子可以养活脚步
相信 一段姻缘
会让沙漠变为绿洲

亲爱的 从今往后
天明一起和泥打墙
一起割草结绳盖房
池塘里取水
土地里刨食
夜晚点一豆往事般的小灯星

让日子平静如纸
不写字 也
不让墨迹弄脏眼睛
只让一只小羊羔跟随身后
不多言多语
同你我共守清贫
怀抱青草一样的好时光
分满寸足
不怨不怒
那就是你我心底的生活
理想的国——

让我把你的手紧握在我的手中

让我把你的手紧握在我的手中
让我将一颗心放置在你的心上
让我们彼此默默相守深情地久久凝望
让我的肩头永远依着你生动的脸庞
让我在你耳边幸福地轻声哼唱
让我拥你入怀看着你甜甜进入梦乡
让天上的星星羡慕吧
(虽然它们高高在上)
两颗星(心)从来没有
像我们挨得那么近 那么紧 那么绵长——

在苏州

在苏州
我坐在运河上
坐在一座桥与另一座桥的故事上
我看到一滴滴水团结在一起
浮起我的肉身
怀抱浪花的女子弹奏着一曲旧时光
两岸高楼挤压
黑瓦白墙
让特色一退再退
城市从水中冒出来
一节节向上生长
把席地而卧的爱情
推高
到空中
在一朵云彩的遮蔽下
高潮发出雷电之声
让人们分不清是天女散花
还是人类撒欢
这样的效果配合这样的高度

让梦想成为可能

呵 太阳

挂在卧室顶上的一盏灯

爱你时的样子

一个士兵爱你时的样子
就是持枪站在哨位上
专注如界碑般
纹丝不动的样子
祖国有多辽阔
我的爱就有多稳固与辽阔

你吻过我的额

你吻过我的额
在你即将冲向前沿的那一刻
突然转过身来
把一个热血男儿的唇
落在一个女兵的前额

木然 恍惚 错愕
但作为一个女孩没有来得及羞涩
你又转过身去
只将一个背影留给了我

至今已经过去三十年了
我一直等你再次猛然转身
把我整个儿抱走
装在你的心窝

此刻我就站在你面前
用人到中年的手
把你与当年一模一样的面颊

轻轻抚摸　轻轻
叫着你的名字
可是你再也不理我
你的名字已经在墓碑上定格

三十年已经过去了
你没有转过身来再看一看我
可每天清晨洗脸的时候我的手
仍能触碰到你那仓促一吻
留在额头上瞬间的热
……

月光下的告别

一棵玉米站在我面前
月光照在玉米和玉米缨上

一阵风轻轻吹过
吹动一束玉米缨
像你的头发在梦中
撩着我的脸庞
我用手轻轻握住风的发梢
如同握住一缕隔世回望

我站在玉米地里
向一束玉米缨告别
是的，明天我将奔赴战场
我专程赶来告别
却无法拒绝
一束玉米缨
在月光下
无言的挽留

路过你

你在屋里想着远方
远方正从你门前经过
他不敢轻敲你的房门
他怕惊醒沉睡的以往
路过你　只是路过

屋里的人正想象着与远方重逢
远方的人正从你门前轻轻走过
路过你只是路过
千万遍呼喊你的名字
在心里

一个人

一个身影消失后只在心里走
一个声音消失后只在耳边留

天地间一座丰碑有血有肉

一滴水也有根

一滴水从嘴巴进入
我体内长满了水的根
如同从眼睛钻进记忆中
那个久别的人
把根扎在我的心上
越扎越深

吻

——和网络同题诗

之一

两条语言的河流
紧紧缠绕在一起
绞断了声音的骨头
火舌汹涌咀嚼文字的肉

之二

不用再说
什么都不用说就这样相互点燃
火焰一样的沉默

躺在夜色里的女人

——和网络同题诗

你是叫不醒来的黑
我是不愿睡去的夜

黑 亮着呀你不愿醒来
白 夜着呀我不肯睡去

谁的月亮击中我心怀

你是谁呀
二十年前的声音从那间小邮局
散发出剑牌香烟的味道
又从宝岛加入一种味道递过来
你调皮地记住一张怯怯白白的脸
就像我记住了你指尖生动的剑牌
香唇缭绕的那一缕诗意和
藏在心中乡野般清纯的心愿
十里蛙声铺满池塘
心中的感觉二十年没有吸进肚子里
却仍然没有改变往日淡淡的情怀

我情感的河流一刻没有停止流淌

哗啦一声一条河流把大地撕裂开来
多像你一袭白裙撩开夜色从我的枕边起身上路
从此一条伤痕在百感交集的尘世浪迹天涯

为你写诗

——致 zz

一直想
为你写一首小诗
满心欢喜地
写你夜色中
灵动的舞姿
不　那是一首诗在跳舞
你就是一首会跳舞的诗

多么希望自己
也成为这夜色
这幸福的夜色中
一个小小音符
让你在我身体里舞蹈
当音乐消失
你缓缓收起舞步
坐在我的诗句里
轻轻抬起眼眸
同自己的灵魂
对视

一阵风

请不要对一棵树说三道四
一阵风不跑到门上来打扰一棵树
一棵树永远不会去打扰一阵风
更加不会说出风言风语

静

静
像躺在夜晚
巨大黑里的那一轮
月
像深深扎进
棉布中的那一根
针

传染病

我腰疼病犯了
没过两天她的腰也疼了起来
她还说过去从来没有疼过
我真没听说
腰疼病也会传染
而且在电话两端
隔着长长的电话线
听说我腰疼时
她为我找了这座城一流推拿师
听说她腰疼时
我的心又猛地疼了一下
不知是否也会传染给她

汗血马

危险的美
让人产生危险的想法
我爱上了你
你顺从我的抚摸
一匹汗血宝马让我摸到
曲线优美的肢体里藏着的忍耐
我知道你与我沉默对视
心中有说不出的千言万语
离开草原的一匹马
如同离开故乡的一个人
你优雅的踱步也掩盖不住
渴望曾经骄傲狂奔的日子

原谅我真的爱上了你
不是我要把你娶回家
而是希望你能接受我
陪着你一起回到草原去

让我在你心中停一会

停下来
十万里大山
停下来疲惫的道路
停下来辗转反侧的大海
还有粘在礁岩上
那一滴不干的梦想
停一会
让我在你心中停一停
尽管还有很多路要走
我只想再仔细看一看
你青春的模样

没有喊出声来

——给一位写《归还》的诗人

你构思这首诗时
我在你居住的城市徘徊
想对整个城市呼喊你
可是噪音太大
城市不知道一个诗人
对另一个诗人的呼喊
意味着什么
更无法理解那站在大街上
呼喊的人
究竟想要唤醒什么
呼喊的人也不知道
那个写《归还》的人
归还清生活的无奈之后
还能否再次归来……

如梦如烟

——致一位离家远足的女友

你不要回头不要回头回头是岸
岸是锁链是沉重的铁锚是一种痛苦
此刻 除了荡起无望中的希望
在苦难的心海里 去拥抱自由
谁也不可能改变你我
伤痕累累却坚如礁岩的思想

坐在十二平方的孤独里
点燃殷红的眼睛 望你
恋恋回眸 决然转身
往事贴满美丽背影
如秋之凋叶凄凄零落

知已别你 思那酸甜苦涩
难以成眠 我固执地站在梦中
望你洁白上衣如琼海之帆
驰出我空空的目光
颠簸远去 颠簸远去
回归为我手中的笑声

牢牢紧握

从南方走向南方从雨季走向雨季
我们的一生收获的
仅仅是一把雨声一把歌哭吗
于无声处 默默地
感受你的来期

今夜湖边无桥

那唯一的桥早已被欲望踩跨
断了念想
目光也孤独地不知去向
当追寻的脚步抵达爱情的桥上
这曾是世界上最长的桥
也是人间最短的桥
背负爱情走了千年
如今早已被世俗的风
吹到岸边
迈步即是终点
却没有人能够抵达对方

衣裳街

灯光在白墙黑瓦间穿针引线
缝补着块块记忆碎片
河水媚眼青石裸露
原谅我无法给你穿上旧时光

当我一步一步从往事退回
一条大街将我孤独成
衣裳街唯一的纽扣
天都亮了
可我没能找到那件
你爱穿的衣裳

辑 四

大地回声

时间

躺在剁板上等待分割
还没有找到头和尾
一条鱼游回故里
一切又开始重复秩序
比如给青春喂食
给月光上料给明天敬灶香火
听渔舟唱晚看浪花打湿
最初一缕阳光
炊烟袅袅唤醒胃口
收起光阴提着日子上岸
一把刀举棋不定对着剁板
头和尾还没有找到时间
不知游到了哪里

硬与软

没有比舌头更软的硬
没有比舌头更硬的软

被驯服的时间

被驯服的时间
是纸上的河流或大海
浪花打在礁石上
怒涛如吼
静而不喧

被驯服的时间
是石英钟上的时针
昼夜奔跑不息
却总是在原地打转

被驯服的时间
是干裂的嘴唇
含在喉头的话语
能发出声来的只有
是或
嗯

原谅一段行将死去的时间

风借着酒又要说谎
如同红头文件里包裹着肮脏
没有人把公平抱上桌面
一滴水也会有难以愈合的伤

不怕伤痕累累的一滴水
如同不断受打击压制的一个人
在一次次屈辱中加固内心堤防
宁愿一生做一块有道德的泥巴

一块有道德的泥巴
不计较一墙不断脱落的旧时光
更加会原谅一段
行将死去的伪装

一棵草长在红墙上

没有计算有多少人
从红墙下走过
至少今天
至少此刻我看到一个个
走过红墙的人
没有注意
一棵长在红墙上的草
更没有人去思考
一棵草
与红墙的关系
其实一棵草长在红墙上
既不是草的选择
也不是红墙的决定

走过红墙

我走在红墙下
太阳把我的影子
投放到墙上
红墙很高
我的影子像一只蚂蚁
在爬
红墙很红
我的影子像一个污点
很黑
明晃晃的太阳也无法将影子
照亮
即使我爬在红墙上
也改变不了
阳光下
红墙上
我很黑的身影

更无法照见
黑影包裹着的
彤红彤红的一颗心

在红墙拐角处

我沿着红墙直线行走
前方不远就是红墙转角处
向左或向右我必须做出选择
从眼前情况看
向左可以看到人来人往
人们身上洒满了阳光
向右只有一堵红墙
如果往前再走几步向右拐
我还看不到
将会是什么景象？

瓷器的缺口

没有阳光
早晨刚刚出土
一件梦想中的瓷

我无法把玩光芒
只将依附千年的泥
往身上裹了又裹

世俗眼里的多余部分
不仅仅是我的故乡
更是我生命最初模样
那缺失部分
成为人类打破现实
怀揣梦想活着的理由

火车的叫声

我看到了火车的叫声
那声音狂喜焦急的样子
像一个归心似箭的思乡人
怀里揣着村庄走南闯北

钢铁与钢铁沉默寡言
思念的铁磨成一根针
在火车疲惫的一声叫里
针尖扎进瘦弱的炊烟

一列思乡的火车
像一缕炊烟刮回故乡

我是枕木

自从作为轨道的一个环节
我就失去了远方
但作为枕木
如果没有一趟列车
从我身上隆隆驶过
那将是我一生的失败
因为我的远方都装在
从我的身躯急速驶过的列车上

写与读

写诗的人都想写出一首好诗
读诗的人都想读到一首好诗

喜爱读诗的人
因为没有读到一首好诗还在读
喜爱写诗的人
因为没有写出一首好诗还在写

我在雨天歌颂雨

在一些人眼里
我是一位光明诗人
或是唱赞歌的诗人
是的我从来没有否认
即使在雨天除了迎接雨水
我也从雨丝中看到太阳的光芒

但我也在雨天歌唱雨
一如晴日里歌唱阳光

姐妹寨

大寨小寨就是两个自然村落
依山傍水也是两位亲姐妹
手拉手紧紧挨在一起
更像云南这棵大树上
两片普通的叶子

我是从两片树叶上爬过的一只蚂蚁
在许多个难以入睡的夜晚
我没有梦见张继的客船与渔火
夜半更没有钟声
只有彻夜未眠的山歌
一问一答
一男一女
使一个民族在歌声中得以延续

每一处脚步都是该去的地方

别以为坐上了飞机
就认为自己真的生长了翅膀
别以为握住了钢铁的方向盘
就认为自己真的掌控了人生的方向
别以为清晨从春梦中笑着醒来
就认为每天的生活都甜美芬芳

请别拒绝沙漠也不要迷恋海洋
自然的一切一切自然都一样
每一处脚步都是该去的地方
每天的阳光或乌云都是我们
自然享受的自然的景象！

请让我双膝跪地

请让我双膝跪地
给你深深一拜
请让我的额头点地
不要管我的额头落在何处
你的安身之地选择在哪里
哪里就是我额头
应抵达的地方

在舟山

在舟山我们相约去看海
其实舟山同大海没有距离
在舟山只需要一睁开眼睛
大海就迎面而来
即使闭上眼睛
大海的味道也会
随着呼吸钻进心底

舟山就是放置在大海上的一只香炉
或者说就是停靠在母亲臂弯里的一条船
为了让生活不再颠簸
把那些起伏不定的故事停在锚上
再点燃一炷香烛把远行的目光
定格在观音一样不舍的注视里

铜铃山

我不知道是谁把你摇响
一座山的声音如此清亮

如我当年听惯了的号角
只是今天集结到这里的
不是冲锋陷阵的士兵
而是一群来自四面八方
怀揣诗句的男女

这一山的青翠
不知道哪一抹优美句子
是你对我最初暗示
我只渴望拥有铜铃山
一丝系于内心的梵音

不一样

不一样的雪
下在去年的路上

这是不一样的雪
我们第一次相见
许多人争先恐后喊你
像好久不见的老友重逢
可是你一个也不认识

他们全都认错了对象
因为今年已不同往年
他们没有注意
你欢跃而下的样子
早已不是往年那个你

在南湖

梦中记忆被撞醒
一列火车闯了进来
就这么几年时间
火车不仅模样变了
声音也变了
这些可都是
钢铁铸造的啊
虽然它们跑起来速度快了许多
却再也听不到
带骨头的钢铁撞击声

有些声音无论多快的速度
也无法将它从记忆深处带走
如同记忆深处的那个人
无论相距多远分别多久
都装在灵魂最疼的位置……

有个地方叫西塘

把你写进诗里有些瘦
把你写进歌里有点长
把你放在梦里恰恰好
一摇一晃
依靠我肩上
碎了满河灯火
醉了老旧时光
西塘 西塘
梦一样的地方

你不经意驻足回头一笑
惊艳了世界目光
挽着你梦想已成真
一摇一晃
依靠我肩上

安吉　精神原乡

静静走近灰瓦白墙
倒映在童年村边池塘
炊烟跟着小溪找寻
绿水青山秀美脸庞
安吉安且吉兮
平安吉祥
安吉　安吉
你是美丽中国最初的模样
你是我的精神原乡

轻轻翻开绿色山乡
风吹竹叶乡音回荡
金山连着银山梦圆
醉了多少追寻目光
安吉安且吉兮
平安吉祥
安吉　安吉
你是美丽乡村萌发的地方
你是我的精神原乡

杭州　打开家门迎客来

杭州，正深情款款把家门打开，等着远方客来。

一阵风吹过，吹动一座城的秀发。

抬起手，将一缕遮于眼帘上西湖柳般的发丝撩在耳际，再拉一拉城市的衣襟。这是一座城对自己装束的最后一次打理。一切都已经准备停当。

一扇扇城门开，一处处新精彩。

经过三百六十五个日夜梳洗打扮，杭州，以淡妆浓抹总相宜的东方神韵，出现在世界面前。

杭州的样子就是浙江的样子，更是中国的样子。

世界从没有今天这样期待与一座城相会。

杭州从没有如此近距离与世界接触。

世界与杭州的距离是三十天后西子湖畔一场盛会开幕的距离，杭州与世界的距离早已是零距离。

世界有太多重大的话题需要借助一湖水的宁静心平气和面对面沟通，需要借助一杯西湖龙井茶的曼妙来重新思考打量壶中乾坤。

九月的杭州，没有乡愁。每一根桂花树的枝条，都是一条通向家门的小路；每一朵桂花盛开的声音，就是故乡在轻轻呼唤着你的乳名。这座城，山和水十指相扣，日同月心心相牵，人与人从不陌生。

杭州，让世界坐在了同一条船上。
这条船，从南湖到西湖，沿着一条古老运河，走过了整整九十五个春秋。
两条船，一条轨迹；两个湖，已是二重天地。
当年，南湖里的那条红船，在桨橹声里把身处灾难中的中国人民划进安全水域，驶入幸福的港湾；
今天，西湖里的这只船，乘坐着来自世界的领导者。这艘船，由中国舵手引航，他们一边领略中国风采，一边探讨着一份由中国人民提供给世界探索人类更加美好明天的中国方案。

坐在江南一首小令般精致又大气的城，开启一坛窑藏在时光里的老酒，与世界分享中国隔世的风情。柳莺轻摇，绸波微漾，踏一横长堤，在自然随性又和雅的山水泼墨中，任思绪在一炷缭绕的梵音里沉迷。
美也醉人。天涯同此凉热中浅睡入梦。

世界在美丽的杭州同做一个中国梦。

你听，一曲《西湖谣》舒缓流入了梦中：

楼外楼不外，山外山相挨；天外天不远，海外海胸怀——这是杭州人的情怀，这是浙江人的胸怀，这是中国人的胸怀。

都说人心隔千里，湖心亭就连接着四海；都说杭州是天上的城，八方宾客相聚在一块。

杭州，我心中的最爱，提起你中国就漂亮起来。

啊——

钱塘门涌金门武林门望江门十个城门全打开盛装迎接 G20 户户喜临门开；

杭州人浙江人中国人全球华人共期待热情恭候宾朋人人笑迎客来。

G20，一座城，一遍遍喊着你的名字，在等你。

西湖谣

——西湖，提起你中国就漂亮起来

楼外楼不外，
山外山相挨。
天外天不远，
海外海胸怀。
苏堤不酥东坡酥，
白堤不白乐天白。
断桥不断心相连，
长桥不长情长在。
西湖不语闻柳浪，
孤山不孤有大爱。
三潭印月无字书，
宝石流霞新精彩。

楼外楼不外，
山外山相挨。
天外天不远，
海外海胸怀。
都说人心隔千里，
湖心亭呵连四海。

都说杭州是天上的城，
八方宾朋相聚在一块。
西湖呵我心中的最爱，
提起你中国就美起来。

鉴湖

云一样的水长出骨头
就是鉴湖
长出的骨头取名云骨的
是鉴湖里的物质
骨头用云字命名
是南方的事
云骨撑着南方
让水也变得坚硬起来

西溪天堂

一步即天堂
我并非留恋地狱
当脚步踩到穿着古装的声音
棉布与丝麻笑着说话
一个女子怎么能够把
诗句音乐般裁剪
穿在心上
追赶日月

我是明天的孩子
但我不是早产儿
在来到这个世界之前
我早已心知肚明
昨天不可能成为今天
我不能成为你
男人不能成为女人
我穿在身上的季节
不会随意变换

云南之南

云南之南
生命之南
命运之南
在盘龙河边拐了个弯
进入我生命深处
隐爱于心
隐怨于臆
隐泪于眼
隐言于喉

只有这一首小诗
像那一碗过桥米线
在我心中千回百转

门头沟

第一次来到门头沟是在一场酒宴之后
我甚至丢失了一只不能丢失的杯子
一场暴雨突然从这只丢失的杯子里
倾泻而下瞬间浇醒了我的醉意
但我没有记住门头沟潭柘寺
那棵比北京城还要年长的老树
我只记住自己站在树荫下
听到杯子找到了的声音
像一根救命的绳子
把我从恐惧的深井里拎了上来

西湖畔走到涡河边的声音

这是二〇一一年的深秋
从北京城来的官员
在汪庄二号楼门口相遇
第一句话没有说出口
因为他口含药物
这一口现代的药下肚
没有治愈三十年前的口音
原来他在我的家乡生活工作了四年
他说出来的地名是用脚量出来的
我了解的地名是书本上看到的
还有比喻穷困的词——
吊蛋净光
还有比喻吃饭的问候——
可剋（kei）饭来该？
时间很快语言走得慢
三十年后仍然没有走出喉咙
再慢的行走
也在三十年后的今天
来到夜深人静的西子湖边
碰撞出涡河上的浪花

拔河

从童年的乡村打谷场
一直到军营的训练场
一种中国独特的群体锻炼项目
继续着
拔呀拔呀拔呀
我的身体从北方拉扯到南方
我的情感一直没有从故乡拔出来

夜晚的西湖

灯光幽暗下来
我拎着一颗心划过湖面
浪花深潜如鱼
黑色如鳞的水面
如此平静
明天太阳照常升起
谁能看到我手托一湖霞光
等你醒来

严子陵钓台

富春江之夜
被乡音绊倒
这从黄山来的笑容
亲切着
桐君山夜
不眠的乡音

大泷湫

你是故乡远远飘来的一道炊烟
我闻香走进你
你突然改变了方向
不是向空中升起而是

迫不及待地扑入大地的怀里
都说水往低处流
有谁知道
你从山尖上落下的心事
宁愿化作大地的一滴眼泪
也不愿成为挂在天池腮边
那一道可望不可即的无奈

凤凰创意园

青山冒烟
绿树失火
这一片尘埃
熄灭污染的烟灰
让我们嗅到浓郁的文化气息
那些坚硬的石头变成创意的思想
废弃的零件鲜活地在广场站立起来

我让你看画

儿子我让你看画
看一切美好的东西
尽管生活充满着瑕疵
你应该像画家那样
用色彩改变
就像小时候大人夸赞你时
常说的一句话
这孩子长得像画里的一样

面对一堵墙

——致考美术的儿子

儿子你手握画笔
面对画板不忍下笔
你心中有太多美好的东西
等在你的笔管里

在俗世眼中你面对的不是画架上
那熟悉的画板
而是一堵墙
虽然你力透纸背
虽然俗世的墙上也有漏光
但你无法穿越

不要因为一堵墙而影响你
你的面前还有无限美好的未来
儿子你手握画笔的样子
是我活了五十年见到的最精彩的造型

高考期间

儿子今年高考
弟弟小女儿今年高考
一年虽然有三百六十五天
高考就这两天
虽然考场相距千里
但考试时间甚至考卷
都是一样的

母亲在千里之外
我少小离家异客他乡
弟弟也打工寄居在外
千里之外的故乡住着母亲
为了孩子这个充分的理由
我平时都无法回去
现在电话也更少了

本来留守家乡照顾母亲的弟媳妇
也进城照顾高考的女儿了
大家都说高考是考未来

母亲应该代表着过去
为了未来
我们在国家统一安排的时间里
把过去放在了一边

代表过去的母亲
只能选择没有选择
把自己关在家中
把变凉的昨天
一再加温
应付今天

歌声

我们满怀深情歌唱生活又激情满怀去拥抱明天
却又总是满怀幽怨与哀伤

大地芬芳

一生的旅途中如果我有过几次驻足回望
那一定是我听到了麦子
在故乡的麦田里拔节的声音
听到了芝麻开花的声音
还有子归和袅袅炊烟的声声呼唤
还有一根芦芽吹奏水汪汪的童年梦想

走到今天只剩下一阵清风认识我的灵魂
在异乡无数个夏夜我的梦中会常常响起
母亲在星光下蘸着月色磨镰的声音
冬日的清晨父亲伴着声声咳嗽
用力铲扫门前积雪倾吐出心中积郁着不快的声音
那张吱呀作响饥饿瘦弱的餐桌
那只缺了一个大口子的土碗像一面破镜子
餐餐照出我粘着泥土的小脸和两道营养不良的目光

这一天我看到一张纸鼓足了勇气
摊在了十八个农民面前
一张皱皱巴巴如同父辈们一样的纸

像一块撂荒多年的土地出现在眼前
当他们在一张毛边纸上写下几句誓言
再蘸着红泥在白纸上揿下指印的瞬间
他们每个人的心中豁然亮堂起来
那十八个鲜红的指纹印
如同十八颗太阳在他们心中升起
也照亮低矮茅屋上空沉沉黑夜
就是这样十八个指印如同十八粒饱满的种子
撒在了希望的田野上
至今那十八个鲜红指印仍如十八个
饿红了的目光一直在历史册页里张望

原谅我有那么多话想同泥土交流
今天我来到大海身傍
凌晨四点我在海天苍茫中等日出
一轮推迟升起的太阳如同一滴推迟流出的眼泪
潮湿在历史的眼眶里辛酸一个读史者的心
我是一个从平原上走出来的孩子
我的表情我的心迹显而易见
我不需要别人向我致敬
但我就是大地上那个逆行的人
我的心始终走不出童年记忆
即使站在山顶对我来说也就是坐在高高麦草垛上
即使看见一轮红日从海面上壮观升起

那阳光下波涛汹涌的海平面无异于风吹着故乡千顷
稻波
大山饱满那是大地紧握誓言举起大大小小的拳头
大地芬芳那是每一棵小草在向人间吐露酝酿已久的
欢迎词

辑 五

航迹如初

航迹

——写在嘉兴南湖红船边上

如果有一条梦想成真的路
那一定是从上海滩石库门
通往北京城天安门的那条道路
如果有一池与世无争的湖水你看一眼
却能让人产生如同看见大海的感觉
那一定是浙江嘉兴平原上的那个南湖
如果有一条小木船内心也有一个浩瀚的远方
那一定就是嘉兴南湖的那条小红船
那一条小小红船承载着一个政党的日升月落
承载着一座九百六十万平方公里江山的不变航向

此刻我正临风伫立在南湖岸边那条红船身旁
我已记不清这是第几次来接受她给予的精神滋养
这是一个党诞生的摇篮啊
是我和我兄弟姐妹洗心的地方
面对她一道思想的光芒浮出水面
我感受到一股扑面而来的磅礴力量
顷刻注入我的血脉强大我的心脏

我深情的笔尖再一次探入这一湖红色记忆
探入一个民族的初心和一部党史的根部
我看到当年上海滩几个神秘的游人
在黑洞洞的枪口下目光扶着很紧的风声
来到嘉兴南湖风雨飘摇中的那条船上
他们的手紧紧相握着
灵魂与灵魂也握在了一起
握出了一个民族和家国的底气
从此镰刀与铁锤走到了一起
思想与思想深深相依
从此一个民族有了自己清晰的航迹
后来走出这条游船的十几个人变成了一群人
后来这样一群人在没有路的地方走出了一条人间奇迹

一个在战场上出生入死从不摸枪的伟人
用手中的笔杆子写尽了枪杆子里装着的全部心思
字里行间起承转合中完成迂回包抄
将行军路线在一首诗词里分行排列
让流血伤残以及沼泽地中挣扎的手指
像石缝里拼命往外生长的嫩枝没有一丝伤感

一个战士在窑洞把自己的青春烧成一块好砖
一个伟人从一块烧砖的煤炭里提炼出一句经典
让轻的如鸿毛让重的如泰山

压住俗世的轻浮垫高百姓的心愿
惜墨如金的伟人最后用一阕绝世辞章向旧世界告别
“俱往矣”“换了人间”

风吹麦浪啊 遍地舞动金黄
梦中母亲在星光下蘸着月色磨镰
父亲从雁叫声里收割了满心欢喜
没有一穗麦子没有故乡
没有一滴水来历不明
每一条道路都有自己的起点
每一条航迹都有自己的根系

九十六年后十月的一天阳光洒满山水江南
一位新时代的领路人带着他的战友们
从北京赶赴上海又匆匆来到南湖岸边
伫立在地球东方一个平静的湖畔
深情瞩望着湖水中那条小小红船
“一个大党诞生于一条小船”这是他十年之前
曾经站在红船边上发出的肺腑感言
今天他站在这里再次向红船庄严承诺不忘初心
永远追随一支穿草鞋的队伍踩踏出来的道路毅然
前行

从石库门到天安门闯过了千重关隘走过万重雪山

那一条路呵　越走越红越走越宽
从南湖到南海从一条小小红船到海上阅兵
波涛汹涌中的那一艘巨轮旗舰大海里航行
舵手从容擘画出新时代的清晰航迹
那双大手曾为弘扬红船精神新建的纪念场馆奠基
今天正在为中国这艘大船缓缓起锚沉稳解缆

致祖国

提起祖国就无法平静
一颗小小的心脏里
装着党旗国旗和军旗
我那山河般起伏的胸膛
熊熊燃烧着三团火焰啊

而此刻
我的祖国
就是身旁那
绵延的边境线
就是我中弹倒下时
死死搂在怀中不愿松开的
半块活着的界碑……

街边一位修鞋的老兵

在这座城市的某个街角
有一个修鞋地摊
一位修鞋的老兵
每天准时在那里摆上摊位
为别人修理鞋子
每当接到一双需要修补的鞋
他就显得格外激动
情不自禁捧在手上左看右瞧
仿佛是见到一位
突然造访的老战友

战场上失去双脚
永远不需要穿鞋子的伤残老兵
他为别人修理鞋子时
那神情专注的样子
好像是修补自己多年以前
丢失在阵地上的那两只脚

声音里的骨头

钢铁呼喊着钢铁
生命呼喊着生命
死亡命名着死亡
用钢铁叫醒钢铁
回答钢铁的声音是肉体的声音
钢铁的声音里充满生命的骨头
钢铁死后还是钢铁
一个士兵死去只留下一个名字
甚至什么也没有留下

这样一群人

他们是人
但没有把自己当作人
他们热爱生命
但生死关头总是不要命
这样一群把界碑视为自己墓碑的人
这样一群青春勃发的生命啊
夜幕下他们掏出自己的命根子
对着无边的夜色撒尿口中念念有词
“你这可怜的小虫虫除了撒过尿
其它什么也没干过啊”
说完使劲地抖几抖
郑重塞进肥大的裤裆里

就是这样的一群人他们当中
许多带着作为男人的遗憾死去
走出战争的人带着对战场无法褪尽的记忆
带着战火烘烤过的身躯回到人们中间
他们对俗世显得不大适应
战争中锤炼淬火的灵魂不断承受击打

精神布满伤口找不到那位野战医生
这样一群人啊　在脚下的土地
伤痕累累的心和日渐沧桑的脸庞上
永远镌刻着两个字：忠诚

问题

这几天仿佛都不真实
我和身边的人都
感觉一直在梦中没有醒来

一个大人
昨天还在那样
今天怎么就这样了呢
这个问题好像
不是什么问题
可是大家都回答不出来

一位省委主要领导那一刻的目光

简短的谈话
比一个世纪还长
一位省委主要领导
同他的一位同事
摊牌

没有握手
没有告别
一切都显得多余
起身 转身
天远地遥
淡出视线之外

那一刻
一位省委主要领导的目光
木讷又深邃
远去的背影
像一堵墙
隔断昨天与今天

准确地讲
隔断了一个人对另一个人的记忆
那个曾经熟悉的人
突然陌生得
不再认识

省委主要领导的话

根据安排
我把他找来谈话
随后
他便被带走了
是自己人带走了自己的人
他最后是从我的办公室
走出去的
望着他的背影
心情十分沉重
一个熟悉的人被限制了
好像自己的心也被一同限制
瞬间
仿佛是一件日常用品
遗落
再也无法准确回忆起放置的位置

这是一个人走丢后
耳朵里流进来的声音
不听话的树叶早离枝
同风雨没有多少关系

坐飞机

机场早已安排妥当
护送的人不知道
他们执行的是什么任务
只感到神圣而又神秘

当一个人从庄严的行政办公楼露面
他们都被电击一般
怔住了
随后的反应机械而熟练

贵宾室里不再是贵宾
虽然从机翼下直接登机
那个曾经的同事
已不再能上前握手告别

回眸点头间
一个人的道路被连根拔起

走手

用脚走路的是人物
用手走路的是动物
走手的却
往往是人物

抵达与出发

一个人一生中要经历多少次抵达与出发
一个人一生中有多少次把出发当作抵达
一个人一生中有多少次把旅途当回家
每一次归程都是灵魂在流浪
每一次流浪都是精神在归乡
每一次抵达都有眼泪在挣扎
每一次出发都有一缕相思
像一条往回生长的根
沿着来时的路
慢慢往回爬

错觉

自视高了
在别人眼里就低了
权力感觉很大
其实
也只是进入网里的
一条鱼

一个

一个人被火烤着
一棵树被火烤着
树惧怕火
却是大火的助燃料
人惧怕火
又追求火热的生活

一张纸的命运

经过机械化妆打扮
像一个穿上工作服的搬运工
推动时间
地球也偏离了轨道
如同人类脱离自身需求
被推着向前走
离自己越来越远

鼓掌

当文字被声音控制
手被语气指挥
同意义无关
肉与肉碰撞
拍打空气
同快乐无关
神圣严肃的场合
经常会发生这种暧昧
劳动的手
丢下斧柄锄镰或牧鞭
一次次被耳神经提起
原始的肢体语境
被重新命名
没有理由或依据

劝农

把鞭子送到耕夫手中
告诉他们不能鞭牛
无论牛走得快或慢
也不要鞭春
草木已按时序自然登场
如果鞭子举起来了
就狠狠下手
对着我们的偏见和瞎折腾

钓

左一杆日月
右一杆江山
再一杆钓起日子
生起平淡的炊烟

推或荐

把一个人
简单到一个符号
画 × 或者画○
都是一个意思

在一张纸上推荐另一张纸
每一张都是早已固定下来的格式

看一场已知结果的球赛

结果已不重要
鹿死谁手已不需要猜测
更不用再压上赌注
如同一个人到了中年
甚至慢慢步入老年
不需要太多的规划
只要尽心随性
更重要的如同看一场人生回放
在无法更改的过程里
再次品尝曾经的兴奋欢喜与遗憾
好在一切都已成往事
面对那些让人高兴的不用欢呼
那令人沮丧的也无须落泪
只是看一看
再看一眼那曾经的过往

幕后

走进皮影戏剧院
先看到两行字幕
“一口说出千古事
两手舞动百万兵”
我们绕到幕后
只看到几样简单的道具
始终没有看到那双摆弄命运的手
也没有见到一张说出真相的嘴巴

乘坐双层公交车

两层
有上有下
像座办公楼
看起来宽敞亮堂
洁净清爽
走进去才知道
这行走在公共视野里
不分男女老幼健康残疾
肚量大气容人
其实同城区背街小巷里
那个大杂院没什么两样
下层拥挤不堪　上
层也并不宽松
并且也同下层一样
在如此嘈杂颠簸中的
车体里
有的大声交谈个人隐私
有的咳嗽随便吐痰
有的打着饱嗝

还有毫不顾忌地放着响屁
也有小情侣旁若无人地接吻
更有背后伸出的第三只手
在别人的口袋里
掏出不属于自己的东西
像情感生活中的第三者
把脚伸进别人家的被窝里

我看到远不止这些
有的上车有的下车很符合
政府机关实行的人事
制度只是上上下下的
车厢始终那么拥挤 拥
挤得像城市里的行政
大楼 在一次次严厉的
机构改革和精减文件中
重新找到自己新的地盘

夜晚泊车

主人的炫耀和
喧嚣的马路一一熄火
靠边是最后必然的选择

夜晚的马路上一个影子走着
他看到连没有停车证的车子
也找到了违章的怀抱
一个合法公民成了
无处可停的流浪者

谁来道德拾荒

我的目光刚刚被一江繁华浸染
我在寻找赞美的词给这波光粼粼的美景
可是我的歌唱的心情刚上岸
即刻被佛山开来的汽车碾得粉碎
碎成泪碎成血碎成我无处寻找的词
我的词句一下子被悲愤打湿
这一天的车轮让佛山蒙羞
富裕佛山顷刻间被奔向金钱的车轮碾穷
光鲜亮丽的城市被撞得面目全非
而这一天一个拾荒的老人拣起
血淋淋的道德——
一个两岁的孩子先后
被两辆罪恶的车轮碾压
又被十八双冷漠的目光撞击
人的良心被撞碎！
可是
如果被农村喂养大的衣冠楚楚的城市
到今天还需要让刚被赶下公共汽车的
来自农村的老人来照料

那么明天

等老人死去

我不愿想也不敢相信明天

明天 还有谁来为道德拾荒？！

主人

是的
我们是主人
我们为一切过失
买单

（注：2014 年 9 月 8 日中秋看了美国为二十多年前纽约中央公园一起强奸案赔偿 4100 万美元报道后有感。）

腰病

这几天我的腰病又犯了
之所以说又犯
全因为这已经是老毛病
不犯病时腰杆像竹竿
笔挺笔挺一点不打弯
奇怪的是犯病后更是如此
该弯腰的时候也弯不下来
即使是蹲下或坐下
又或再站起来
腰杆都必须挺直
不然会更加疼痛
医生说这病难治
既同后天习惯有关
又是与生俱来

把子弹还回去

把子弹还回去，还给那个岛国
把借道赠予的包装盖子掀开
那里装着的不是食品
而是打扮罪恶的道具

把子弹还回去，还给那个岛国
还给那些热爱和平的人民
如果他们的手被首相拉着不放
那就把子弹直接还给首相本人
如果首相依然固执地把民意
强拽在自己手里
那就直接把子弹还到他的头上去
让一万发子弹变成一万颗钉子
将一颗危险的脑袋钉在柱子上
让人类的和平避免万一

（注：2013 年 12 月 23 日，日本通过联合国驻南苏丹特派团向韩国驻联合国维和部队提供了一万发步枪子弹。近日，韩国政府已经将一万发子弹返还给了日本。）

北京西边的一家宾馆

像穿着夹克衫
站在路边站牌下等待公交车的人
北京西边的这家宾馆
没有什么特殊的地方
只是这几天
进出的客人
非同寻常
他们是地球上的这个大国
掌舵领航的人
这些面孔大多上镜率都很高
有的常在中央台露脸
有的常在地方台发声
但在这里
他们跟普通人一样
他们彼此见面也同样拍肩
握手 打招呼
在电梯上上下下
拥挤着身挨着身
餐厅里排着队取碟子

再拿一双筷子
挑选简单的几样菜
吃着统一的自助餐
可他们在讨论问题时
都有独到的见解
他们的言语的确
非同凡响
他们的声音是在为国家定调
他们的手势是在为国家把脉
他们的举动是在为老百姓谋福祉啊
他们的笑声有时候很重
他们的咳嗽有时
意味深长

几天的闭门神仙会
最后汇成一种有力的声音
向世人公布
让世界睁大了眼睛
北京西边的这家宾馆
又在热烈的掌声中
归于平静

中国朝前走

——为纪念建国五十周年而作

中国在赶路

迈着匆匆的步履
走过了半个世纪
半个世纪的风云变幻
半个世纪的坎坷崎岖
越关山险隘
跨浪涛海啸
乖长风云起
为了千百万个倒下的生命
用灵魂高高擎起的
不屈的希望之旗
你朝着既定的目标走去
——我的中国

中国在赶路

你从南湖的桨橹声中走来
你从战乱的废墟中奋起

你从雪山草地走来
行囊装着一个二万五千里长的故事
讲述东方一支队伍神话般的传奇
你从天安门城楼的宣告声中走来
屹立在世界惊骇的目光里
你从开国大典的礼炮声中走来
坦露觉醒振奋的胸廓
迎接新天地
——我的中国

中国在赶路

在共和国的早春
十二亿人的步伐
和着激越的鼓号
走向歌声 走向大自然的奥秘
不论有怎样的伤痛 失误和阻力
不论有多少外在的困扰 遏制和猜疑
胸膛里始终澎湃着
大海一样深沉的呼吸
尽管你的脚步
有时歪斜 有时沉重
在世界的目光中有位
东方巨人不倦的身躯
——我的中国

中国在赶路

祖先的梦埋进青山
民族的魂溶入江河
把昨天　留给记忆
留给风　留给雨
留给思索的岁月
斑驳的碑记
把今天唱给希望
唱给阳光　唱给黎明
一个崭新的民族　高奏凯歌
缩短着天地间的距离
——我的中国

中国在赶路

这是世纪末的一次远行
左脚迈出贫困
右脚跨进富裕
你走在一条很有特色的路上
演绎一个不变的主题
你身上的每丝热量
都是祖先钻木取火时
留下的宝贵遗迹

你的每一个伟大构想
连着结绳记事的那根记忆
蔡伦纸那般微黄的皮肤
火药与煤炭那样黑黑的瞳仁
一同关注萦怀
你的兴衰　你的遭际
都在描绘国徽上城堞一样的齿轮
把智慧和勇敢
溶入桑叶似的版图里
用诗笺盖住 心口的伤痛
用热血写下赞美的乐曲
——我的中国

中国在赶路

踏着大地
支撑天宇
一番艰辛
万众欣喜
血肉裹住宇宙风雷
风雷化作夯声巨响
为新的世纪奠基
不是崛起　就是沉沦
不是腾飞　就是消匿

大气磅礴的自强精神
就是中华民族——
不断的根
不灭的魂
不倒的旗
——我的中国

中国在赶路

一九九九年夏秋之际
坐在南方一座省城
严肃的省府办公大楼里
我以自己最实在的感情
写着关于你的诗句
握赤子之笔
吐胸中块垒
扬中华精神
颂民族豪气
落笔一座莽昆仑
挥毫一阕黄河谣曲
沿着你行进的方向
脚下情之路蜿蜒逶迤
心中爱之河汹涌不息
圈圈点点江山图

泰山是标点
长江是长长的感叹语
——我的中国

中国在赶路

一条前无古人的路
一个新奇迹
落后就要挨打
开创新世界
要靠伟大民族凝聚力
圆明园的大火仍在史书中燃烧
石头城遭活埋的同胞
还未放下伸向空中
刺痛天目的手臂
巴尔干夜空的那声轰响
再次将谎言 罪恶
霸权 暴露无遗
正义 和平的声音再次
遭到强权的袭击
在中华民族前进的足迹里
沉积了多少血浆
多少失去母亲的孩子
多少失去孩子的母亲

改革的鼙鼓已敲响
封闭的窗帷被拉开
卓尔出群的东方巨人
已经走出险象环生的沼泽地
强大起来的炎黄子孙
再不容欺！
让土地
回到像土地一样纯朴的农民手中
让蓝天
还给像蓝天一样纯洁的孩子
让和平鸽
永远不再扇动滴血的羽翼
——闪光吧　中国
我精神的终生寄托
我生命的永恒营地

中国朝前走
中国在赶路
挟着涛声
携着潮汐
揩去满脚污泥
踏上新世纪的航船
把迟到的秋天和
早来的春天

一起收获
——我的中国

一万年太久
只争朝夕

中国朝前走去

从春天到春天

——致敬改革开放四十周年

序诗

请让我深情铺展开大地这张稿纸
我要用山清水秀的方块字写下美丽中国

一

从春天到春天
四十年光阴不及盈握轻轻走过
走过夏走过秋走过冬手挽着手
我们并肩走过四季如歌
山一程水一程春天的故事
在春天的中国热情传播
风含情雨含情四十年改革路上
风雨兼程不屈前行奋力开拓
看啊　从春天到春天海晏河清
每条河流都有一个温暖的名字
听啊　从春天到春天山花烂漫
枝头挂满幸福的笑脸与欢乐
在这个可以看得见诗歌的季节里
我按捺不住满腔激情以灵魂作笔

调试饱蘸着心头热血
左一撇山青右一捺水秀
将憋了一肚子的爱和美
用大胆泼墨的手法尽情挥洒
全部奉献给心上的祖国

二

从春天到春天
中国的美丽是土地
舒展了愁容眉头不再紧锁
其实我知道我是一个脸上粘有泥土的人
我是从皖北平原上走出来的孩子
我的记忆一直走在泥泞的童年深一脚浅一脚
我知道我写下春天并不是每一个春天都接近完美
我写下花朵并不是每一朵鲜花
任何时候都能够随心所欲绽放
即使一朵花在春天里盛开
对春天的心事并不是都能够真正懂得

但我已经把泥土作为徽章标示在脸上
我相信美丽的事物离泥土最近
从春天到春天一个鲜花盛开的村庄
一直在我心窝里住着

三

四十年前撂荒的土地上
萋萋荒草织满束缚思想的缰索
直到一张父辈脸庞一样皱皱巴巴的纸
也像一块撂荒的土地窸窸窣窣
在十八个农民面前把自己摊开
那命一样薄薄的一张纸啊
在一盏油灯下记录了历史的承诺
他们写下誓言他们摁下指印
如同押上了十八条性命

这是发生在四十年前安徽凤阳小岗村
一个惊天动地的大事件
中国农民在这里艰难爬过一道历史的大坡
当初他们不知道四十年后日子会变成什么样
他们都知道活下去日子绝不能再这样
这些坚定的身影决绝的目光就像是一个工匠
执着地从一块石头中掏出一尊醒世雕塑
土地里压制梦想无法长出自由的庄稼
天空中闭着眼睛视野超越不了井底之蛙
其实我更想说当年那十八位农民的手指
在一张土地般朴实的纸上摁下生死契约
天　已被他们捅出了十八个窟窿
地　已被他们捅开了十八个口子

那十八个指印如同十八粒饱满的种子
撒在了希望的田野上
开出十八枚指纹印一样的花朵
四十年来一直怒放在历史的册页上昭示我们
要在自己的土地上种下自己的稻菽
让每一根谷禾如同我分行排列的诗句
都在抽穗扬花灌浆颗粒饱满
努力把自己的头一再放低
让一首诗内心充实五谷丰登安康祥和
大地芬芳啊喜看农民兄弟
在第一个属于自己的节日里
把千重稻浪与十里蛙声一同收割

四

从春天到春天
中国的美丽是校园钟声
敲开了校门敲醒了沉睡的书本闲置的课桌
从春天到春天每一棵小草
都找到了自己向上生长的位置
他们搂住了一个挂着朝露充满希望的早晨
搂住了一棵小草努力生长的梦想
搂住了大地内心发出的绿色呼吸
啊一棵小草也有自己的愿望心灵深处的歌
那是早早醒来的初春那是兴奋不眠的星夜
拖着满腿脚泥水走上田埂捧起了干净的书本

他们把积压在灵魂最底层的萌生物捧在了手上
他们把自己的未来捧在阳光下再一次考问
他们是农家的孩子是城市待业的青年
是已经为人父母的中年 是怀揣梦想
对自己对脚下的土地都有要求的一代
他们不再相信又坚信岁月不能够再度蹉跎
他们大踏步豪迈地走进了机遇打开的大门
把一切想法都写在时代的答卷上
一朵白云看到了你捧着录取通知书
手如同风中的草叶一样抖个不停
泪水在脸上流个不停我知道那一刻
他们的心也颤抖不止 血液也加快了流动
从此他们坚信着一切心中曾经的不相信
相信春天每一棵小草都会找到自己的出路

五

从春天到春天
中国的美丽是一棵树
再大的风也摇不动对脚下故土那份深情坚守
一棵树知道心中的乡愁有多深
从根系到枝叶虽然有一段干净的路途
无论是开花的季节还是枝头已经结出累累硕果
它们同泥土都有一条扯不断的血脉
一棵树同我一样脸上也是粘着泥土的植物
无论是生长在山顶还是扎根在山脚

请相信每一棵树都是我们的父老乡亲
霜天万里一颗心滴下一滴思乡泪
如同一棵树落下一片树叶
又像一滴雨离大地那么遥远
一有机会便迫不及待落下来
亲吻拥抱拍打着直往土地怀里钻
那深情那份内心的喜欢那份爱恋
掉落在地上都不会摔成两半
大地葱茏山河故人
谁也无法从它们心中搬走
那一颗千年不朽的芳心
春风吹动了青山
那是每一棵树都有了魂
每一根草木都有了一个绿色的梦

六

从春天到春天
中国的美丽是一条河
拐过了那么多道弯从没有改变流往家的方向
一条河流一直走在回家的路上
只有一条河与我的命脉紧紧相连
无论走到哪里
血管一样流淌在全身每一个角落
河滩上也曾留下我徘徊的脚印迷茫的目光
站在岸边看河面上一道拖船

将一个少年好奇的心事带向远方
我在河岸边捡拾流不走的记忆
我在记忆深处摸着一块石头过河
我沿着石头暗示的道路向前走
感谢这些充满了哲学韵味的石头
这些水一样坚硬的石头
在石头一样坚硬的水中
掏出朵朵浪花和笑脸
掏出比飞鸟飞得更高的飞船
掏出比鱼儿游得更深的蛟龙
这些在水中比鱼跑得快的石头
还能够掏出比绿皮火车跑得更快的和谐号复兴号
装载着一列列中国梦从东西南北疾速出发
“可上九天揽月，可下五洋捉鳖”
一首熟读了上下五千年的词
一去经年早已经埋下了伏笔
如同一个人曾经指挥的一场战役
用大量留白预言了身后的万里山河

七

从春天到春天
中国的美丽是那一次次滚滚春潮
四十年一波未平一波又起潮涨潮落
每一次律动都是一场惊心动魄的革命
从一盏煤油灯酝酿着一份土地契约

从一只拨浪鼓摇醒一个沉睡的大市场
到一个老人在南海边用手势比画出
一双更加自由的翅膀
让一群振翅欲飞的思想
有了一方挺身而出的天空

当又一位领航者踏上波涛汹涌中的南海
将一条红色小船的初心牢牢把握在手中
引领东方这一艘新时代的国家大船
再次调动改革的千军万马劈波斩浪锐意前行
你的心无法平静我的心无法平静
难以平静的是江潮激荡是海潮汹涌
是一次又一次的心潮起伏春潮澎湃
这一次次春潮涌动啊
多像一道行阅古今的光芒
每一次照耀都让一条道路更加清晰
每一次翻腾都是一个荡气回肠的心跳
每一次心跳都让大地提振一次精神
都把一个国家的位置提升一个新高度

八

从春天到春天
四十年弹指一挥间
是时序更替是时间在赛跑
从春天到春天 美丽的中国

有傲雪红梅有冰河解冻有小草醒来的惊喜
有我越写越精神的国家
有我越写越敬畏的诗篇
这是祖国的春天啊
我将一句句赞美写进命里
告诉世界中国早已经找到了那把丢失的钥匙
告诉世界中国已经从高高的脚手架上走下来
中国已经在云端同世界往来
世界看到了一条波光粼粼的海上丝绸之路
看到了一个构建人类命运共同体的中国方案
看到了从春天到春天艰难走过多事之秋
看到了从美丽中国到美丽世界

附录

把热血与忠诚化作英雄诗篇

——评陈灿诗集《士兵花名册》

金炳华

我和陈灿同志认识，是2011年秋，当时我们中央第六地方巡视组去浙江，陈灿同志当时是浙江省委巡视工作联络组的一名成员。他个头不高，很敦实的样子，话少，谦逊，工作非常认真负责。过段时间慢慢熟悉起来，有一天晚饭后，在驻地散步谈到文学创作时，他对我说也喜欢写诗。这时我虽然已经离开中国作家协会党组书记的岗位，但依然关注文学事业发展，对年轻同志，特别是业余时间从事文学创作的同志，更多一份关心。我很高兴，说："有作品送我欣赏下。"于是他送来新出版的诗集《抚摸远去的声音》。

草绿色的封面，透出青春的活力气息。读了他的诗才知道，陈灿同志参加过二十世纪八十年代的老山防御作战，身负重伤，在病床上躺了两年多。但无论在前线猫耳洞随时准备为国牺牲，还是经受着伤痛的巨大煎熬，陈灿同志始终没有放弃对诗歌、对文学的由衷热爱。在前线没有纸，就写在香烟包装纸上；躺在病床上一动不能动，就口述，让护士记录。他的诗，在前沿阵地上传看，给战友提振战斗的勇气；在后方医院里传诵，鼓舞战友们战胜伤病，重回保家卫国的前线。当他刚能下床时，拄着双拐给一同养伤的战友朗诵《双拐》，把腋下的双拐，赞美为人生河流中的双桨，在医院里引起了强烈反响。2012年，在杭州举行的"战士诗人陈灿诗歌研讨会”上，陈灿同志又一次朗诵了这首诗，我和在场的人都深受感动。

经过七百多天的艰难治疗，甚至把腰间的骨头取下补到腿上，陈灿同志奇迹般地伤愈了。他走进了杭州大学中文系，成了当年杭州大学唯一一名穿着军装的大学生。部队转业后，到浙江省委部门工作，经历过多个重要岗位，工作成绩突出。在繁忙工作之余，陈灿同志一直没有放弃对文学的热爱，笔耕不辍，在诗歌、散文、报告文学等方面，都取得了丰硕的成果，多次获得各类奖项，被评为杭州市年度优秀作家。他还到中国作协所属的鲁迅文学院中青年作家高级研讨班交流，把自己的战斗、工作、生活的经历、体会与其他作家朋友分享。

虽然老山作战已过去三十多年，但那段烽火连天的日子，永远留驻在陈灿同志的心里。近年来，他数次重返当年战斗过的地方，缅怀牺牲的战友，考察边疆经济社会发展。同时，也在反复回忆、思考、体验已经逝去的战斗生活。“在心为志，发言为诗”，这些情感的激荡和思考的成果，陈灿同志用诗的形式表现出来，就集成了这本《士兵花名册》。说是“士兵花名册”，其实诗中并没有哪一个战士的具体姓名，可以说这“是一位老兵对众多老兵与老兵精神的捍卫”。

陈灿同志是以军旅诗步入诗坛的。他的诗歌洋溢着强烈的爱国主义和革命英雄主义精神以及对美好生活的向往与追求，反映了一个战士诗人的崇高使命和强烈的责任感。同时，也是在诗歌艺术上努力探索、追求的佳作。读了他的诗给人以一种催人奋进、奋发向上的力量。诗歌的韵律节奏、形象塑造、氛围营建等方式手法的运用都较为纯熟，和主题思想相映生辉，努力把主旋律内涵与现代艺术创作相结合，殊为不易。正如著名军旅作家李存葆同志在读了陈灿的《士兵花名册》后所说的那样，虽然诗人现在已经脱下了军装，但依然保持着军人的情怀，而且笔下始终书写反映军旅生活的作品，一直为军队、为战友倾注着他的情感。这是十分难能可贵的。诗人怀着对国家的赤子之心、对军队的血肉情缘、对战友的一往情深、对故土的至深爱恋，用诗歌的方式表达出来。这是一个真正经历过血与火考验的战士，对国家、对亲人、对生活、对美的独特心领与神悟。

习近平总书记在中国文联十代会、中国作协九代会开幕式上的重要讲话中，要求广大文艺工作者“把艺术理想融入党和人民事业之中，做到胸中有大义、心里有人民、肩头有责任、笔下有乾坤，推出更多反映时代呼声、展现人民奋斗、振奋民族精神、陶冶高尚情操的优秀作品”。衷心希望陈灿同志牢记习近平总书记的要求，不忘初心，继续前进，不断深入生活、深入实际、深入群众，汲取创作素材，激发创作灵感，提升艺术造诣，持续创作出更多、更好的精品力作。逐梦之心永驻，艺术之树常青！

（该文刊于 2018 年 7 月 31 日《人民日报》文艺评论作品品鉴专栏。金炳华，中国作家协会名誉副主席、原党组书记。）

热血　激情　诗意

——读陈灿同志诗集《士兵花名册》

李存葆

友人转来一位参加过老山防御作战的诗人所创作的一部诗集《士兵花名册》。我知道，在国人的眼里，我是一个小说家。其实，中国是诗的国度，不用说识文断字的人，就是连自己名字可能都写不出来的人，嘴巴里也会吐出几句“顺口溜”。而那些所谓的“顺口溜”，也像牙牙学语的小儿嘴里背诵的“鹅鹅鹅”一样，再正常不过了。一直以来人们公认“诗书画”是一家，从这个角度上讲，作为汉语，小说能写出诗意，影视能达到真正的诗意的效果，包括人的日常生活能活出“诗意”来，那都是最高境界了。换句话说，“诗意”就是中国文化最高的审美意趣了！

但是，说句实话，由于种种原因，我这些年接触新诗还是有限的。

看了“战士诗人”陈灿的诗，还是给我带来一些意外的收获。那就是作为一个部队文艺工作者，我为部队培养出这样一位战友而感到高兴。这不仅是因我们都喜爱文学，更为重要的是，他现在已经脱下了军装，但依然保持着军人的情怀，而且笔下始终书写反映军旅生活的作品，一直为军队、为战友倾注着他的情感。这是十分难能可贵的。我们有着共同的对那场战争的情感注入。所以，正如陈灿自己所讲的，他虽脱下军装，但他脱不下军人的情结……这些，都是我愿意为《士兵花名册》说几句话的理由。据说，他们到前线在临上阵地前看的是根据我的小说《高山下的花环》改编的电影，许多战友哭得稀里哗啦。这一点我能理解。这不是我们的战士不够坚强，实际上，他们当中大多数人在参战前就已经看过这部电影或小说了。但作为一般的观众和即将奔赴战场的士兵，看这部作品，那种感受是大不一样的。所以，虽然自古以来写战争的诗篇有许多，但是在众多关于战争体裁的诗篇中，真正出自参过战、又是写战争诗的诗人的作品并不多，尤其是在和平时期。

在这篇文字里，本来我不想也不能对他的诗句做过多的主观评价，但当读《一个士兵留下什么》《这样一群人》《出征酒》《出征的人》，还有《士兵花名册》《搬运遗体》《一块头盖骨》等诗作时，给人所带来的视觉与情感冲击是我始料不及的，仿佛一个新兵初入阵地被枪林弹雨铺天盖地、劈头盖脸《落下来 落下来》……我觉得，这是迄今为止在我对新诗有限的阅读中，我所能读到的一个参加过战争的士兵所创作的关于那场战事的最让人怦然心动的一部诗集。读他的作品，没有当今诗坛存在的浮华与虚假。更可贵的是，从他前后跨度三十余年的诗作中，几乎每一首都包含着一个军人的至深大爱、家国情怀，即使为数不多的抒发个人情感的小诗也写得如此鲜活、激情饱满、令人震撼。抛开他出色的诗才，这是一个真正经历过血与火考验的战士，对国家、对亲人、对生活、对美的独特心领与神悟。这也是一部参战士兵的个人心灵史。每一行诗句中都能够读出诗人饱蘸着激情、热血与大爱的大气抒怀。你仿佛看到诗人手中握着的不是笔，而是把自己的灵魂捧在手上；那纸上游动的文字，仿佛是一个个“碎了的名字”，真的被诗人喊了起来，在诗句中闪动着惊异的目光，似在追问，又充满渴望、期待与感激。

但凡有过从军经历的人，一生中都或多或少留存着军人的印记。而作为一个参过战的老兵，在他的生命中，这一种经历应该是更加刻骨铭心。正如诗人自己所说，曾经穿过十几年军装，现在脱下军装十几年，但军人的情结无法随着军装一同脱下，“感情里始终有一颗上了膛的子弹”。诗人怀着对国家的赤子之心、对军队的血肉情缘、对战友的一往情深、对故土的至深爱恋，用诗歌的方式表达出来。如果说，我那部作品是我当年作为小说家，用小说的形式献给那些牺牲战友的花环，那么，我认为，陈灿这部诗集——《士兵花名册》是继小说、影视等文学形式之后，一位亲历过战争的“战士诗人”献给与他一同出生入死战友的一份诗的花环。

（该文刊于 2017 年 7 月 15 日《解放军报》长征副刊。李存葆，中国作家协会名誉副主席，解放军艺术学院原副院长，少将军衔，著有《高山下的花环》《山中，那十九座坟茔》《大河遗梦》等。）

捧玫瑰而低吟　握刀剑而狂歌

——“战士诗人”陈灿和他的诗

刘立云

25年前的一个夏日，阳光透过爬山虎茂密而肥绿的枝叶照进北京西什库茅屋胡同解放军文艺社那座四层小楼里的一间办公室，给人以落英纷披的感觉。如同往常，趴在那张临窗的办公桌上，我用整个工作日的头两个小时阅读厚厚的诗歌来稿。那时部队诗人的阵容空前庞大，新人如篁。因南方正在打仗，以战争诗为主的军旅诗创作正进入鼎盛时期，稍不注意就会错失一颗正在升起的星星。因而我的工作姿态是认真的、勤奋的，不允许自己有任何疏忽和遗漏。就是在这样的氛围中，我读到了那首名叫《出征酒》的新作，标题下的署名是：陈灿。

应该说，这样的题目在当时司空见惯，不容易引起注意，但是每当遇上南方战区的文字，我都会正襟危坐，叮嘱自己务必格外用心。是先看到了那个陌生驻训点的地名才重视这首诗，还是先看中这首诗才去寻找信封上那个陌生的地名？现在我已经记不清了，我只记得刚看过两三行，那个壮士断腕般的场面便呼之欲出：“把酒瓶盖咬掉，咬掉 / 口，接住长江接住黄河 / 举起出征的酒碗 / 我们豪饮男儿的烈性 / 醉吧，不醉不是英雄 / 醉了，灵魂才会更加清醒。”我承认，在读着这首诗的时候，我的心被诗里奔涌而来的那种悲壮和决绝一下揪紧了。我知道同是用方块字书写的文字，同是用这种文字表达铁血豪情，一个暗自在胸脯上贴胸毛的人，和一个真正敞开胸膛准备上战场的人，是有本质区别的。具体到这首《出征酒》，当你沿着它构筑的通道往纵深走去，不仅能清晰地闻到一股浓烈的酒味，而且能感到那个用牙齿咬掉酒瓶盖，希望喝下一条长江和一条黄河水的人，就是那个明天就要去追魂夺命的人。那种临战前的义无反顾，那种随时准备把生命交出去的豪放和坦荡，远远超出了一首诗所能达到的冲击和震撼力。换句话说，这里的“诗”和“人”，已经血肉模糊地纠缠在一起、融合在一起。“人”是“诗”的魂魄，“诗”是“人”流淌在如火如荼文字中的血液、心跳和呼吸。你如果有心去亲近这些文字、抚摸这些文字，你会发现它的字字句句都是滚烫的、灼热的，以至也想和写这首诗的人一块豪饮、一块酩酊、一块呐喊和呼吼，然后相互捶捶对方的胸膛，说：“好兄弟，到战场上去见分晓吧，你我不求同年同月同日生，但求同年同月同日死。”

我喜欢陈灿这首诗歌，并非它的语言有多么优美、思想有多么深邃，而是战争突然把他推到了生与死的悬崖，这使他自觉不自觉地抛开了某些诗人惯常的滥情和伪饰，以自己最真实的生命和灵魂进入诗歌，从而一步就抵达了人们的心灵。这是许多诗都难达到的最通透、最犀利的境界。除此之外，我们还能要求它什么呢？要求它曲径通幽、盘根错节，为把它写得更像一首诗而云遮雾罩？这无异于隔靴搔痒、装腔作势、东拉西扯。这是在写战争啊，写马上就有人要倒下的壮士出征，如果一针扎下去，半天渗不出血来，那么你写的战争还是战争吗？

就因为诗里流淌着滚烫的热血，陈灿这个名字一眼就让我记住了。然而，正当我满怀期待，试图再一次看到它和读它时，它却从来稿中消失了，如同闪电被夜空收藏，明月被乌云遮盖。在日后的来稿中，我曾刻意寻找过，反复翻阅过，可是没有，就是没有。因而，在相当长的一段时间里，每当想起这个名字，想起他那首名叫《出征酒》的诗，心里就像被刀割了一下。我想，已经出征的陈灿，他还好吗？他正在哪座山岳、哪片丛林冲锋陷阵？一年后我也上了前线，在那座著名的像大寨梯田般的烈士陵园，我心怀忐忑，在碑林中久久地盘桓，一面碑一面碑地走去辨认，同样一无所获。后来我才知道，当我在寻找他的时候，他正躺在后方某个医院的病床上疗伤。而且他在那张铁床上一躺便躺了两年！也是在后来才知道，他是在陡峭山崖间的前沿阵地上，猝然被战争的大手掀翻在地的，额角当即鲜血如注，人直接从山崖上滚落到山谷。当他醒来时，听见的是嗡嗡嗡的引擎声。原来他正被直升机紧急送往云南蒙自的一家战地医院抢救。在蒙自的这家医院住了大半年，连门都没有出过，又被转回驻浙某野战部队医院休养连继续治疗。

我至今也无法想象，窗外斗转星移、花开花落，整整在病床上躺了两年，而且大多数日子是腿上打着石膏并被沉重的牵引拉拽着固定在病床上的陈灿，他那七百多个日子是怎样过的。这期间，他额角上那道缝了十多针的伤口虽然渐渐愈合了，但那条因粉碎性骨折而动过三次大手术的腿，却久久动弹不得，更别说站起来了。常识告诉我们，战争对幸存者来说，除去必须忍受身上的伤痛，还必须对付随之蔓延而来的心理阴影。那么，独自躺在病床上两年之久的陈灿，是如何面对这双重的摧残和压迫呢？这正是他在《出征酒》之后给我留下的一段生命空白。让我感到欣慰的是，此刻放在我面前的这部名为《抚摸远去的声音》的诗集，用他出色的吟唱和内心的独白，为我满满当当地填补了这段空白。

如果读者有兴趣，你可以先把《出征酒》《老山魂》《蒙自》《腿》《那天，去看阅兵》和《双拐》这几首诗挑选出来，一口气读下去。如此，你就能像我一样清晰地看到诗人在这个时期的生命轨迹。陈灿这样书写自己走向战场和身负重伤的过程：“你在血海里遨游 / 任炮弹爆起的巨浪冲击你 / 却冲不退你进击的信念 / 任弹雨的浪花打湿你 / 打不湿的是你滴血的恨 / 拖着残损的躯体你向前向前攀登 / 尽管还有一条腿 / 在大地上一笔一画地写着 / 一个大写的人。”然后，如此记述他痛苦而漫长的疗伤际遇：“站在二十岁花开的地方 / 云南蒙自 / 伸手接住我那双受伤的翅膀 / 把我的青春存放半年之久 / 却没有让我行走半步 /……但我至今仍记得那个军医 / 手握一把锋利的手术刀 / 切开我的身体 / 如同我的父亲在他的土地上 / 用世代相传的手艺 / 挖开一条沟 / 播下几粒饱满的麦种。”接着是坐在轮椅上，以一种独特的姿态，艰难地融入他从此必然要面对的日常生活：“真实的时候你才感到真实的自己 / 你是被抬到台上的你唱不出来 / 因为你怕那掌声 / 你永远不明白你那么多战友的腿 / 为什么要用掌声来迎接。”再就是坐在轮椅上观看阅兵时，对一双健康双腿的无限怀念和向往：“只有踩在祖国的土地上 / 军人才能走出如此豪迈的步履 / 那一刻真想猛然站起 / 那一刻心中真有和受阅士兵 / 同样的兴奋同样的臂力 /……然而，他是坐着轮椅来的 / 坐在轮椅上的士兵默默暗泣 / 那年的阅兵式他曾是 / 一个英武的排头兵。”最后，他终于借助拐杖站起来了，于是对曾经形影不离的两根拐杖大加赞美：“你是双桨 / 摆渡着一只受伤的船 / 摆渡着一个不屈的灵魂 / 在生活的海洋里拼搏远航……”

要知道，陈灿的这些诗大部分是在他的身体被固定在病床上，手脚不能动弹，只能口述请护士一字一句记下来的！说起来既让人感动，又让人觉得匪夷所思。在生命最艰难的时候，陈灿竟把对生命的渴望、向往和全部注意力都集中在对诗歌的寻觅和创造上，并用此来对付尖锐的、无休无止的疼痛和日日夜夜像大雾般弥漫的焦躁、迷茫和孤独，执意要在生命的废墟上升起一面“诗的旗帜”。这时候如果有上帝，陈灿说诗歌就是他信仰的上帝。因而他情不自禁地对天倾诉：“在简化礼仪的时代里 / 寻找不出更好的方式 / 对你表达内心的崇敬。”（《诗歌在上》）许多年后，他在这部诗集的后记中追忆说：“因战残久卧病榻的日子，倒下去的躯体静静地与洁白的床单贴在一起，心绪也像倒伏的河流，一泻而下。当诗歌的光芒照进窗棂，像一块火石，划燃我内心的火焰，瞬间照亮我的生活，那些稚拙但真诚的诗句，从我的血管难以阻挡地流了出来。是诗歌把我倒下的肉体和精神一起扶了起来。那一柄支撑灵魂的拐杖，不是物质的木柄，恰恰是精神的诗歌的支撑。”又说：“在诗的阳光里我浑身通透，我无遮无掩，我把一切浸泡在诗里，灵魂再度耸立。是诗歌的手轻抚我的伤痛，是诗的光亮照着我失眠、失重的心灵，重塑我的灵魂，坚固我人生的信念。”然后他敞开心扉地说，是“诗歌照亮我的生活”。

这是我们最希望看到的：在诗歌柔软而温馨的怀抱中，躺在病床上整整两年的陈灿心无旁骛、赤诚如火，就像蜷缩在母腹中的圣婴，任想象的翅膀在天地之间奋力飞翔。对诗歌的热爱，或者说通过诗歌表达出来的对这个国家、这支军队和刚刚经历的战斗生活，还有对战友、对亲人、对自己还很年轻的生命的热爱，使他的内心世界渐渐地变得纯净起来、强大起来；与此同时，也把失望、沮丧和对未来生活的种种忧虑，一点点地从心里挤了出去。在这种令人惊叹的生存状态中，他创作的诗歌不仅自然而然地变得高贵起来、纯粹起来，而且作为一种精神高度，又支撑着他挺过了一次又一次大手术，然后扶着拐杖一次次踉踉跄跄地站起来，直到最后甩掉拐杖，开始像过去那样行走在久违的大地上。

二十多年后，陈灿给我们说出了这样一个细节：当他重新站起来时，他那条受伤并在骨折处仍钉着钢板的腿，由于肌肉严重萎缩，还僵硬地弯着，如一张扭曲的弓，与另一条腿相比明显短了一截，这让他走起路来不免一摇一晃的。他觉得不能以这副模样回到他思念的队列中，硬是咬牙切齿地要把它扳过来。之后他孜孜不倦地扳啊、扳啊，终于把僵直的膝关节扳得可以自如地弯曲，又终于把它扳得走起路来不再失去平衡。

用诗歌的力量完成对自身的救赎，这是陈灿以令人心惊和心颤的毅力创造的生命奇迹。结合他这些真实的遭遇去读他的诗，细心品味他隐去鲜血、泪滴和呻吟的每行文字，你只能从心里发出赞叹：陈灿战胜伤残，重新站起来的过程，其实就是一个化蛹成蝶的过程，而且，这个过程本身就是一首韵味深长的诗。

我见到陈灿的时候，这个意志坚强的人已经完成了上大学、转业、娶妻生子、在省政府机关担任领导秘书的华丽转身。站在面前的他，沉稳、持重、干练，洒满阳光的脸上浮出亲切的笑容，举手投足给人一种时过境迁的活力。说到这十几年走过的路，他最愿谈论的还是诗歌。想想也是，一个带着对诗歌的向往和崇敬走上战场，然后又依持诗歌的支撑从伤残中顽强站起来的人，除去诗歌，还有什么力量能改变他的人生？逐字逐句读完这部诗集我才知道，当陈灿迈着用诗歌扶正的步伐，重新走回喧嚣世界，并逐渐走到现在这个位置，曾付出多少别人所不知道的努力！但他对诗歌的热爱却一如当年，始终不离不弃。无论社会竞争多么激烈、工作多么繁重；无论走到哪里，遇到什么事情，他都会自觉地回到他热爱的诗歌中，用这种他称为“捧玫瑰而低吟”的方式，独善其身，充实越来越容易空虚的心灵，消除生活中随时可能出现的喧哗、躁动和无处不在的物欲。正因为这样，他做人做事，一步一个脚印，赢得了越来越多的肯定和尊重；而他在工作之余悄悄地写诗，也比任何时候都写得更优美、更潇洒，二者可谓相得益彰。

当然，陈灿对诗歌的念念不忘、心驰神往，以我的理解，仍是他从军生涯和战场遭遇的延伸。在生命中最美好的季节走进军营、走向战场，那种严谨乃至严酷的生活对生命的再造，是足以让他脱胎换骨和刻骨铭心的。换句话说，人生最重要的成长和转折陈灿都是在部队完成的，因此“握刀剑而狂歌”的战斗精神，便很自然地成了他灵魂的底色。明白了这一点，我们就能得出结论，陈灿其实是带着军人的意识和尊严走向社会的，诚如他在《一支退役的枪》里所说：“想想过去 / 你就觉得全身锈迹斑斑 / 而一支退役的老枪 / 感情里仍有一颗上了膛的子弹。”这之后的写作，虽然因视野的开阔而变得色彩缤纷，但我们看到的陈灿，却始终是一副挺胸抬头、目视前方的姿态；从他的诗里，更是源源不断地传来军号的声音、子弹上膛的声音和祈望和平鸽飞翔的声音。尽管这些声音正逐渐远去，可在夜深人静之时，他最想做的，还是把手伸向苍茫的空间，去一次次挽留它们、抚摸它们。有诗为证，在 2010 年“八一”建军节来临之时，离开部队十几年后的陈灿写下的新作，依然是《八月，站在灵魂之上》。你听，他在诗里这样对我们告白：“今天我只希望　希望我那 / 因怀念而饱含泪水的诗歌 / 能长出和平鸽一样美丽的翅膀 / 飞去 飞到你身旁 / 用小小的羽毛 / 为你遮日　为你扇凉……”又在另一首名为《过去的不一定都会轻易过去》的诗中喃喃自语：“过去的不一定都会轻易过去 / 心中的圣土时时会有一个声音在发芽 / 像春天会说话的柳丝 / 或者像一树树微笑的梨花 / 等待着结出一颗颗硕果。”

就是这样，陈灿热爱诗歌、迷恋诗歌，但他既没有以诗成名的野心，也没有以诗获利的企图。他默默地写、默默地读、默默地关注诗坛的变化，只是希望拥诗入怀、拥诗入心，同时以诗歌的方式继续生存下去。而他最终把几十年里写下的作品汇编成册，交给解放军文艺出版社出版，那也是想告诉人们，告诉他永远眷恋的部队和战友：今天的陈灿，还是那个任何风雨和厄运都打不倒的战士。

“捧玫瑰而低吟，握刀剑而狂歌”，这是一种多么美好的境界啊！

（该文刊于 2012 年 6 月 12 日《人民日报》。刘立云，《解放军文艺》杂志原主编，其作品曾获第五届鲁迅文学奖。）

倾情书写“最闪亮的坐标”

——评诗集《士兵花名册》

刘笑伟

诗人陈灿通过自己的诗作营造出一个丰饶、辽阔的文学世界。生活是创作的不竭源泉。二十世纪八十年代初，陈灿参加了西南边境自卫防御作战。战斗中负伤后，在长达两年半的治疗过程中，他躺在病床上坚持文学创作，在《人民日报》《解放军报》等报刊上发表了不少诗作，获得过一些文学奖项，被誉为“战士诗人”。

陈灿的创作激情源于他和战友们身上流淌的英雄热血和英雄情怀。中国文学有一个重要传统，就是致力于英雄的叙事与抒情。爱国主义和英雄主义，一直是中华文脉的正脉，正因为如此，中国诗词始终具有英雄主义、理想主义的风骨，具有崇高、阳刚、壮美的品格。可以这样说，爱国主义是中国诗歌世代相传的精神支柱。尽管战争已渐行渐远，但作为诗人，陈灿一直难以忘记战事，更难以忘记那些长眠的战友。于是，他创作了这部诗集《士兵花名册》(红旗出版社出版)。他写道：“我要一笔一画一丝不苟地写 / 我要把你们喊不醒的名字写活 / 我要让你们碎了的名字 / 整整齐齐列队 / 请老连长按着这个花名册 / 再点一次你们的名字 / 我仿佛听到队列中那些空了的位置上 / 回声四起。”这部诗集，洋溢着强烈的爱国主义和革命英雄主义精神，生动地反映了一个“战士诗人”的崇高使命，给人以奋发向上的力量，是诗人献给战友的跨越时空的呼唤，是彰显英雄情怀的诗的花环。

歌唱祖国、礼赞英雄从来都是文艺创作的永恒主题。在诗集《士兵花名册》中，诗人陈灿倾情书写士兵的风采，对爱国主义和英雄主义进行了诗意诠释。他写战争的残酷：“我来到昔日的战场／找到了我的阵地／站在当年倒下的地方／我突然感到视线模糊／语言全无／一发渴望中的子弹／再次将我击倒。”他写士兵的情怀：“对于一个上了前线的士兵来说／只有那一封含泪放进留守包里的遗书／是最值钱的家当。”他写战士们的英勇豪迈：“把酒瓶盖咬掉，咬掉／口，接住长江接住黄河／举起出征的酒碗／我们豪饮男儿的烈性。”在这里，陈灿不仅仅是一个亲历者，更是一个讲述者。他把记忆中的战争和战友作为背景，去努力寻找一种精神的真谛。他的讲述，呈现出比生活更高远的视角、更宽广的视野、更独特的表达。因此，在他的诗作中，英雄的情怀是滚烫灼热的，既是一幕幕动情的回忆，更是一曲曲英雄的赞歌，具有穿透人心的艺术力量。

英雄是民族最闪亮的坐标。如何让英雄形象更加立体生动，更加打动人心？这是新时代对文艺创作提出的新任务，也是作家、艺术家们必须思考的新课题。主旋律创作容易让人贴上“生硬”的标签，以往创作中也或多或少地存在直白化、说教化的问题。诗集《士兵花名册》的可贵之处在于，它不仅仅描写了一场战争、一个英雄群体，更深入英雄的精神世界，用诗歌抵达英雄的心灵。只有深入英雄的心灵深处，你才会发现“军人是一杆／行走的枪”，而“战壕是一首纵横交错的诗／战士，是一个动词／攻，势如破竹／守，坚如磐石”。你才会找寻到士兵的精神之核：“一个老兵与其他人／最明显的区别在于／他有一根骨头／一根倔强的脊梁骨／如一尊裸雕／始终坚挺着。”也只有深入英雄的精神世界，你才会蓦然发现一个士兵的精神高度和对祖国的深爱：“当祖国把界碑交给我和战友／我就把脚下的土地当作母亲护佑”；你才会发现一个士兵的赤诚本色：“他为别人修理鞋子时／那神情专注的样子／好像是修补自己多年前／丢失在阵地上的那两只脚。”在这里，英雄成为一个个具体的人，有血有肉、有情感、有爱恨、有梦想，也有内心的冲突和忧伤。这些诗句，既崇高豪迈，又激昂深刻，更敏感细腻，如情感的岩浆，如心灵的清溪，奔流在读者的心田，构成一幅由血与火、情与梦交织而成的撼人心灵的诗歌画卷。于是，诗人在诗集后记中写道：“我的诗可以拧出血来，我的诗句都是战友的骨头在支撑着。”

以往的文学创作曾经出现过非英雄化的倾向，有的作品甚至存在历史虚无主义倾向，漠视英雄、诋毁英雄。“现在开始点名——／我要把你的名字喊醒／我要把你倒下的名字／喊起来／站在墓碑上。”诗集《士兵花名册》以诗歌的名义，为英雄辩护、为英雄正名，从而使这些诗作气势磅礴、生动感人，具有一种崇高正大的审美品格，呈现出一种激越深沉的艺术力量。

其实，我们的身边并不缺乏英雄，缺乏的是对英雄的倾情抒写，缺乏的是如诗集《士兵花名册》这样以滚烫的心灵、文学的方式、艺术化的形象去描摹英雄、礼赞英雄。

（该文刊于 2018 年 8 月 7 日《光明日报》。刘笑伟，著名诗人，诗歌评论家，解放军报社文化部主任。）

陈灿和他的战地诗

耿建华

早在二十世纪八十年代，陈灿就以他裹挟着浓烈硝烟味的战地军旅诗步入诗坛。因而，品读他的作品，无论是早期在猫耳洞里创作的诗稿，还是近期对现实生活的观照与思考，你都能够感受到一个战士激荡的青春与澎湃的诗情，触摸到一个战士诗人不屈的精神品格。如同他的诗集《抚摸远去的声音》的名字一样，陈灿在诗歌中记录的军号声、枪炮声、手术台上的电钻声，以及母亲看见重伤儿子的哽咽声已随着那场逝去的战争渐渐远去了。但那些声音坚硬的内核却仍如雷鸣般冲击轰响着，震撼我们的情感和灵魂。其实，这样的声音永远不会远去。因为这声音是历史、年轻爱国者情感和共和国战士足音的真实记录。

好久没听到这样激动心灵的声音了。我们的听觉被软绵绵的歌吟麻木了，被自我的宣泄陶醉了，被庸凡的幸福迷醉了。这些声音固然有存在的理由，但是对一个正在崛起的民族来说难道仅仅有这些就够了吗？对一个正在为美好梦想奋斗的国家来说难道不需要更有血性的声音来激励吗？从陈灿的诗中我听到了中国军人的血性呐喊，看到了共和国之子的忠诚和勇敢。这些诗作是“枪膛里喷出的歌”！陈灿说：“按响枪的音键 / 让激情用一串闪光的辞藻 / 响亮起——高亢与豪迈。”在那场远去的战争里，陈灿与他的战友们用生命谱写出青春的壮歌："你依然用双臂作桨 / 挪动生命的船在血海中奋争 / 那浮雕般的头颅依然向前 / 猩红目光的闪电 / 依然追求着尊严的根。"这是应该刻在纪念碑上的画面。历史会记住那些为国捐躯的英烈，他们的壮烈并不能因为战争的远去而淡化，应该也必须成为激励后辈青年为中华崛起而奋斗的精神力量。

陈灿把战壕比作一条清醒的神经，比作一根清醒的战争之弦。这是多么准确的提醒呀！在当下四周虎视眈眈的国际环境里，这根弦是一点也不能放松的。他把一座座坟茔和列队的墓碑比作"鲜血浮起的星星""一条条竖着的银河""是一个个战士 / 用忠诚和无畏 / 热爱和仇恨 / 写下的 / 惊叹号！"；他把受伤战士的双拐比作"双桨""摆渡着一只受伤的船 / 摆渡着一个不屈的灵魂 / 在生活的海洋里拼搏远航 / 生活的最强音是你击响 / 人类最绚丽的浪花在这儿竞放"。更值得敬佩的是这些战地诗歌，有的是他在猫耳洞里写下的，有的是他重伤后在病床上口述由护士记下的。敌人的枪炮没有吓倒他，严重的伤残也没有击倒他！躺在病床上两年之后他坚强地重新站立起来，继续自己精彩的人生。他是英雄，但他并没有被掌声陶醉，他甚至"怕那掌声"，他说："你永远不明白那么多战友的腿 / 为什么要用掌声来迎接？"陈灿是清醒的，他说："为了生活充满歌声 / 我们才冲进硝烟 / 悲哀只属于遗忘 / 新的旋律正在胸间飘荡 / 拄着双拐走在人生的大地上 / 更加坚定，铿锵作响！"

在那场战争过去 26 年之后，他写下了《八月》："那一座座墓碑是我远逝的战友兄弟穿越岁月 / 投来的一道道追问的目光。"他感叹："今天，在你灵魂驻守的地方 / 那些浮躁的植物正在无节制疯长 / 匆匆而过的脚步来不及停下 / 向你投去关注的目光。"

多少年来，无论环境与身份如何转换，陈灿一直没有被世俗纷扰打乱自己前行的步伐，始终以一个战士的姿态，坚守在灵魂的高地上。

从战火中走出来，诗人情感更加丰富，阅世更加深刻。在《重温红色经典》组诗中他说："我就是要在这块搬动一张椅子 / 也会流出血来的地方 / 挪动江山 / 给我一个支点 / 地球就是我手中的一只杯子 / 让我们共同举杯把生活的 / 酸辣孤苦一干而尽 / 让甜美的琼浆把大地灌透。"

这就是一个战士的声音，同时也应该是一个民族的声音，有了这样充满自信和力量的声音，千难万苦也难以阻挡生命的青春、祖国的青春！

（该文刊于 2014 年 7 月 31 日《解放军报》长征副刊。耿建华，诗人，诗歌理论家，山东大学文学与新闻传媒学院副院长。）

那一盏自制的诗的灯盏

——评陈灿诗集《士兵花名册》

柯 平

一位年轻的文学爱好者，同时也是士兵，在某个特殊的历史背景下，他上了前线。当他甚至还没来得及将写在猫耳洞穴壁上的诗抄下来，发现自己已因下肢重伤躺在后方医院的病床上了。用他自己的诗来形容，就是“子弹把我定在十八岁”或“加1床成了我的名字”。有关战争的残酷、回忆，以及士兵的荣誉感，从此成为他的诗歌主题。这方面的一个细节是，在他做断肢重接身体不能活动的那整整两年时间里，他内心涌动的诗情，已急不可耐地通过口述的方式得以倾泻。三十年后，当初充当他心灵纪录者的那些护士们出现在他的笔下，依然还是那么温情和美丽：“她们头上戴着白帽子脸上罩着白口罩/……我能看到的只有她们的两只眼睛/……她们漂亮的睫毛看上去/如同故乡的麦芒一样扎在我身上/让我有说不出的亲切/又有难以说出的不自在。”

在诗人陈灿的新著《士兵花名册》里，类似的精彩描述和诗意场面比比皆是，尤其是诗里那种如同涌泉出穴自由奔流的表述方式，用现在时髦的批评术语应该叫原创性吧。他写部队轻装出发：“对于一名上了前线的士兵来说/只有那一份含泪放进留守包里的遗书/是最值钱的家当。”写街边一位修鞋的老兵：“他为别人修理鞋子时/那神情专注的样子/好像是修补自己多年前/丢失在阵地上的那两只脚。”写和平年代英雄的尴尬：“战场上一颗子弹 / 生活中一声长叹。”写天安门广场上空：“天空有眼睛 / 天空的眼睛不长在头上 / 长在人类心里 / 我们仰望天空时 / 其实是在与自己的灵魂对话。”写自己消磨在平庸的日常生活中的理想和锐气：“这一年我没做出什么像样的大事情 / 唯一可以说出口的是我还是母亲希望的那个孩子。”句句真言，读来感人。它不仅是一个身处和平年代的战士对从前战争的追忆，更是一名诗人站在更高意义上对人性的寻索与思考。或许有人会因表现手段不那么先锋从而忽略它的价值，然以叶燮在《原诗》里提出的标准论之：“必言前人所未言，发前人所未发，而后为我之诗。”则不仅合格，而且还可誉为佳作。

由此带来的一个问题：究竟什么样的诗才是好诗，或者说是有价值的诗？通常情况下我们对一件文学作品做出评判，大都取决于个人喜好，因此有时会影响我们合理公正地看待问题。时下诗歌注重的就是技术与修辞，这方面或许正是陈灿有所欠缺的，既因为他的阅历视野，也因为他的文学理念，而他诗中充沛的真情与豪气，亦非人人皆有。还有一点让人印象深刻，不读这本书也许意识不到，即诗中出现的那个陈灿，就是在云南前线打仗的陈灿，躺在湖州解放军九八医院病床上的陈灿，在杭州大学中文系读书的陈灿，在父母妻儿面前言笑晏晏的陈灿，诗友相聚时痛饮剧谈的陈灿；甚至就是在严肃的省纪委办公楼上班的陈灿，这同样也并非人人都能做到。

从认识一个人到认识一个人的诗是一个漫长的过程。我和陈灿相识甚早，平时交往虽然有限，对他的创作潜力却从没怀疑过。因为我了解他的过去：“晚上连队熄灯号响过以后便躲在被窝里，用自制的灯照明写诗。我记得有一天晚上由于读书写作时间过长，那个用卡车灯头自制的灯，居然把我盖的军用被子给烤煳了，留下个大窟窿。那一盏自制的诗的灯盏，至今还在我心中亮着。”也知道他的今天：“你的表情如一张作战图 / 心思布满进击路线 / 严肃得使整个冬天都很伤感 / 想想过去 / 你就觉得全身锈迹斑斑 / 而一支退休的老枪 / 嘴角始终衔着一颗子弹。”这种特殊的经历和复杂的心境，虽难免让人有宝刀屠狗之伤感，就文学意义而言，却是写出好诗的最佳养料。既然辛稼轩凭此写出了“却将万字平戎策，换得东家种树书”，埃利蒂斯凭此写出了“他像一所庭院，但是鸟儿已突然飞走 / 他像一支歌曲在黑暗中钳口无言 / 他像一座天使的时钟刚刚停摆”；陈灿自然也会写得出来，而且越写越好，这实在没什么可担忧的。

（该文刊于 2018 年 5 月 3 日《文学报》。柯平，著名诗人、诗歌评论家，湖州师范学院教授。）

让热血与忠诚重新集结

涂国文

二十世纪八十年代初，他曾是一名战斗在祖国西南边境线上的共和国卫士；今天，他又成了一名坚守在纪检监察战线上捍卫党章和宪法尊严的忠诚卫士。他还是一位诗人——当年在战场上，他利用战斗间隙窝在猫耳洞里写诗，身负重伤后躺在病床上写诗，走下战场仍在繁忙的工作之余创作诗歌。三十多年来，他的内心深处一直萦怀那场战事、那些长眠在麻栗坡的战友们；也一直未改对祖国、人民和军队的热爱与忠诚。他的人生经历是独特的，他的诗歌在中国诗坛上也是独特的。其人其诗高度合一，以一种无比真实与真诚的力量，直击人心，具有一种独异的人格和诗格。在相继推出了《陈灿抒情诗选》《抚摸远去的声音》《硬骨男儿》等诗集和长篇报告文学之后，新近又推出了诗集《士兵花名册》。诗人让爱、热血、铁骨、忠诚和理想在汉字中重新集结，这是他用自己独有的方式，献给战友的诗歌花环。他就是当年在战场上被誉为“战士诗人”，现任职于浙江省纪委监委的陈灿。

“爱”是陈灿诗歌坚硬的精神内核。作为一名亲身经历过血与火考验的战士，他对军队、对民族、对祖国、对故乡、对诗歌、对在那场战争中牺牲的战友们，都有着常人难以体会的深情。他的诗歌中有大爱与深爱。

诗人对培养了自己的军队有着无比的热爱之情，心中有着永远不变的军人情怀。诗人如此直抒胸臆：“我是一名伤残老兵 / 在梦中多少次回到队列里 / 我和你们站在一起 / 青春焕发，精神抖擞”（《又一个春天开启》）；“虽然我脱下军装已经很多年，但军人的情结一直‘穿’在身上脱不下来……脱下了军装，脱不下军队培养成的特质”（《拧亮诗的灯盏》后记）。军人的顽强与忠诚早已随血液进入了诗人的骨髓：“那些声音坚硬的内核 / 依然如轰鸣的雷鸣 / 震撼着我的情感和灵魂”（《我独自走在怀念里》）；“把灵魂高扬挥舞如旗 / 至死不肯放弃脚下的忠诚”（《八月挽歌》）……

在战士的心中与诗篇中，祖国从来就不是一个虚妄的词：“祖国有多辽阔 / 我的爱就有多稳固与辽阔”（《爱你时的样子》）；“当祖国把界碑交给我和战友 / 我就把脚下的土地当作母亲护佑”（《又一个春天开启》）；“列队，就是一梭子弹 / 等待祖国一声令下 / 把自己射出枪膛”（《八月，站在灵魂之上》）；“祖国，我要出鞘”（《一把剑梦想出鞘》）；“而此刻 / 我的祖国 / 就是身旁那 / 绵延的边境线 / 就是我中弹倒下时 / 死死搂在怀中不愿松开的 / 半块活着的界碑……”（《致祖国》）。虽然负伤在病床上躺了两年多，“从此我的姓名就叫床”“但我至今没有以躺着的姿势 / 向祖国伸手 / 我依然用忠诚的骨骼 / 支撑着一名卫士的职责”（《床》）。他们就是《这样一群人》：“带着战火烘烤过的身躯回到人们中间 / 他们对俗世显得不大适应 / 战争中锤炼淬火的灵魂不断承受击打 / 精神布满伤口找不到那位野战医生 / 这样一群人啊　在脚下的土地 / 伤痕累累的心和日渐沧桑的脸庞上 / 永远镌刻着两个字：忠诚。”

第五辑《故乡喊我》集中展示了诗人的故乡之恋。这种对故乡的思念之情，因为诗人置身于随时都有可能牺牲的战场，较之于生活在和平环境中的人，表现得尤为炽烈而深沉。“一场激战过后 / 我听见故乡的炊烟在喊我”（《故乡在喊我》）；“一年又一年啊 / 把思念的铁磨成了一根针 / 故乡远远喊一声 / 便一头扎进童年瘦弱的炊烟里”（《思乡的火车》）；“通往远方的路 / 是你握在手心里的一根绳子啊 / 我就是系在绳子另一头 / 那只永远挣不脱的风筝”（《老屋》）；“那枚我至今仍喜爱着的纽扣 / 把我同故乡紧扣在一起 / 一生都无法解开”（《一枚情感的纽扣》）……一种岩浆般的情感，奔涌在这些诗篇的字里行间，漫卷读者的心灵。

陈灿诗歌是血与火书就的生命华章，他把自己全部的爱与忠诚，都献给了脚下的这片土地。正如中国作家协会名誉副主席、原党组书记金炳华在序中所说：“他的诗歌洋溢着强烈的爱国主义和革命英雄主义精神，以及对美好生活的向往与追求，反映了一个‘战士诗人’的崇高使命和强烈的责任感。读了他的诗给人以一种催人奋进、奋发向上的力量。”

（该文刊于 2018 年 7 月 31 日《中国纪检监察报》。涂国文，诗人、文学评论家。）

老兵的时代广场和“老兵的结构文化学”素描

——陈灿诗歌浅谈

章闻哲

一、老兵的时代广场：职业风度上呈现的“老兵文学”形象与时代美学

初读陈灿的诗，是一种意外，本以为一位共和国体制内的军旅诗人不外乎会写一些“壮士断腕”的豪情，不外乎“铁马冰河”“风萧萧兮易水寒”，不外乎是祖国和伟人的举旗手；未料，这却是一位立体的诗人，他的诗歌不仅是中国特色社会主义美学结构上的（即以社会主义意识形态为主导的，结合西方现代诗学及东方古典精神的内容与形式的），也是典型的社会主义军人体质和精神上的；同时又是充分展现着他的时代、他自身的人生轨迹的历史和文化体征意义上的；不仅仅是豪情，也不仅仅是“铁血柔情”，更不仅仅是共和国立场上的集体主义和民族主义的抒情。陈灿的诗歌有一种显著的“职业风度”：作为一名战场上的士兵、伤兵、转业老兵、机关工作人员或作为诗人时，各有一种不同的“语言体制”，包含着职业的技术质感、胸怀与情操。在他的“时代广场”中，有一枚炮弹的个性化雕塑；有猫耳洞中年轻的男兵与女兵之间的友谊的塑像；有生死一刹的定格，也有和平年代的恋情细语；有伤兵的“精神复兴史”，也有战友的普罗米修斯形象的陈列；有共和国国家领导人的侧影，也有反腐倡廉过程中风云突变的细节；有长眠地下的战友的碑铭，也有为告慰英灵向贪腐者发出的檄文；有继承自朦胧诗派的美学底蕴，也有始终注入这种美学中的作为砥柱的、老兵自身鲜活的个性话语与精神。陈灿诗中的时代感，正是来自他的“职业的具象”——他不是一位专业的文艺老兵，却坚持用严肃的诗歌精神书写着一种时代文化。没错，那正是一种职业的诗歌精神，但“职业”在这里，不仅仅是技术维度上的，还包含着职业的纪律、职业的情感和职业的立场上分化出来的各个具体的职业维度及其与诗歌精神结合时的审美自足。战士的粗犷、机关工作人员的节制、伤兵的心灵史、老兵精神的坚持等等中，都包含着“职业”本身的现场与细节，它有着政治的抒情风度，但又超越了这种基调。因此，陈灿的诗不仅仅是诗人之诗，也不仅仅是政治抒情，它更是前线战士自身的美学、伤兵对生命的本位陈述、政府工作人员的审美尺度和老兵的伦理之反映。

如果说，小说和电影已经如此盛情地描绘或歌颂过对越自卫反击战。那么，在诗歌上，对这场战争的表达恰恰是稀缺的，尤其是对战争后的老兵的际遇的书写更是鲜见。毋宁如是说——陈灿以一个纯粹的诗人和纯粹的战士的方式，谱写了一曲不同于小说的“虚拟现实主义”和电影的“革命浪漫主义”的歌，用战士的素朴规范诗人的艺术，又以诗人之诗心规范战士之措辞的自觉和严谨方式，填补了诗歌史中对自卫反击战争及其话语的历史延伸之叙述和抒情的空白。

二十世纪七十年代末、八十年代初，正是中国内地朦胧诗派崛起、伤痕文学开始繁荣的年代，陈灿的诗歌无疑也带有这类文学的典型特色。当他以一位政府工作人员的身份描写北京的某个宾馆和机关场景时，我们几乎可以读到一种作家李国文《花园街五号》的历史和语言氛围，尽管细节和宗旨完全不同；当他写和平年代的恋情时，那里同样赫然地呈现着一种源自西方现代诗和东方古典精神的朦胧诗原型；当他写老山前线的战争和他的战友时，我们又似乎可以看到一种《高山下的花环》一般的英雄图腾再次崇高而庄严地升起；当他写自身的伤残体验时，又显然与“伤痕文学”有着同声气、共呼吸的一致性。但是，这并不意味着陈灿的诗已定格在朦胧诗和伤痕文学之间，或者定格在集体英雄主义史诗的形式上；相反，我们需要跳出这种历史共性所提供的表层语境，看到诗人陈灿在一个老兵立场上为我们建构的一种“老兵的结构文化学”。

二、老兵的结构文化学

所谓“老兵的结构文化学”，不仅仅是指诗人在写作上专注地秉持一种“老兵人文主义”，它还包括自觉地把民族精神、国家精神、军人的情操与个体的主客观需求、经济、文化上的价值观与审美观结合起来，呈现一种既不完全意识形态化和英雄主义化，也不完全社会化或异化的士兵本色文化学。我之所以称之“老兵的结构文化学”（而非“士兵的结构文化学”），当然是因为，“老兵”更同时包括了现役军人的生存史与精神史和退伍军人在社会角色转变之后士兵基因与社会其他基因、一定经济背景下的世界观和时代观之间的矛盾与碰撞、互相影响和同化可能。不妨如是说：结构文化学，包含着它自身的整体性和客观性。譬如——诗人在《弹药库》（《抚摸远去的声音》，P24）中写道：“你要用自己的歌唱出荒凉 / 然后在荒凉的坑里萌发一枝新绿 / 然后再在新绿上 / 重建一座弹药库。”当一位战士把枪支视为情人时，这种对弹药的批判就在反战争和在战场上取得的荣誉之间建立了一种“理性的温度”，与法西斯和霸权主义（这种极端、片面的文化哲学与实践哲学）划清了界线。然而《弹药库》又不完全是反弹药的，它代替士兵唱出心中的荒凉，又代替士兵开出希望之绿，又承担起保卫新绿的任务。这就又明确了斗争的必要性，它与托尔斯泰的《战争与和平》的主旨一脉相承，暗合了全人类视野上斗争与自由的二元话语所肯定与否定的全部文化与文明的辩证历程。然而，恰恰是矛盾中反映的士兵主体性和同化的“可能性”中反映的中间立场，呈现了一种具有客观风度的“老兵的结构文化学”——“他们的笑声有时候很重 / 他们的咳嗽有时 / 意味深长”，《北京西边的一家宾馆》描写了诗人对领导人的一种印象，诗人没有喧哗般地抛出玫瑰，也没有热情地献上礼赞，而是像路人甲那样若有所思地经过……这种亦庄亦谐的笔调，成功地避开了媚俗，坚持了一种与政治的疏离，可又十分隆重地推出了老兵的素朴和文学的现代主义——那正是一种老兵的自我调度中显示的客观和时代文化心理的调度中反映的客观。

在老兵的结构中，自然也不能少了对青春已逝的感叹。例如，在《抚摸远去的声音》这部诗集中，诗人自喻已是“当年姑苏城外 / 那一条年久失修的古船”“载不动歌舞平升”，也难以“再挑着杭州看云南”。（《九月》，P301）当硝烟平息，烽火冷却——昔日曾为之播撒过青春热血的云南，已逐渐远成背影。这样的抒情主义，带来一种浓郁的颓废与伤感，它与《出征酒》中气吞长河的豪迈之间已恍如隔世。然而，它却以真实对文化的修正主义坚守了诗歌的碑界；同时，又清醒地对“为诗而诗”的庸俗的诗学表示拒斥。诗人在《士兵的花名册》的扉页中强调：“我写诗不是为了把文字分行 / 而是为了将走远的人一个一个拉近。”这里恰恰又体现了结构主义的宗旨：不是为了分解，而是为了聚合，一种以老兵精神为核心的聚合。无疑，它代表了坚守在后工业化时代里，在后现代主义的思潮中，“老兵”的存在，可谓恰好相反地揭示了“结构与核心”正是某种必须要捍卫的对象，同时也辩证地揭示了“结构”较之“解构”更接近一切时代的文化本质和文化态势。

三、从老兵的被边缘化中产生的初衷与仪式：将走远的人一个一个拉近

从“结构”反观老兵精神，可以得知“捍卫”乃是一种永不懈怠的行动。因此，无论是积极还是颓废，那里将始终保留着一种赤子情怀和始终为老兵呐喊的声音。但笔者更想说的是：如果每个人最终是生存的战士，那么，“老兵”本身就是一种强烈的生存主义。然而他首先是捍卫集体、国家和民族的，其次才是捍卫个人的。只是毋庸讳言，在更广阔的社会空间里，整体利益往往被个人利益和局部利益所排挤。这可视为诗人陈灿为什么要整理出那样一本《士兵花名册》的主要理由——说是“花名册”，其实并无名字，它是为国家为民族献身的无名英雄的肖像、故事和老兵们的际遇的集合，是反腐背景下再次展现的光荣“红花”，是一位老兵对众多老兵与老兵精神的捍卫。当几千份优抚老兵的文件迟迟不能落实时，诗人愤怒地质问犹如警钟长鸣：“难道，一个优抚处 / 还要用这些已经伤痕累累的躯体，来支撑 / 几个灵魂生锈和腐烂的人？”（《不该上锁的阳光》，见《士兵花名册》P98）当再次经过老战友的墓碑，诗人的安慰之语无奈而沉痛：“我年轻的兄弟啊 / 青春的头颅剃得油光锃亮 / 列队 / 就是一梭子弹 / 等待祖国一声令下 / 把自己射出枪膛 /……今天，在你灵魂驻守的地方 / 那些浮躁的植物正无节制地疯长 / 匆匆而过的脚步来不及停下 /……哦，请你理解（我相信你已经理解）/ 请你原谅（我知道你已经原谅）。”（《八月，站在灵魂之上》，见《士兵花名册》P91）战士亡灵的“理解和原谅”不仅是对活着之人的最深沉的爱，也是对世界继续无私的奉献。对此，诗人陈灿站在一名老兵的立场上，既充满自豪，又常常为之歌哭；而老兵陈灿作为一名诗人，则更像一种天赋使命。

毫无疑问，这个世界上，老兵很多，然而，坚持以老兵的身份写诗，坚持为老兵代言的军旅诗人却并不多。唯有亲历战争，并曾经身负重伤的老兵才懂得缅怀战士不仅仅是情感，也是责任；也唯有经历炮火洗礼的诗人才理解老兵不仅仅是昔日光荣，更是民族长城的基石。当我们阅读陈灿的诗，读到的不是战争废墟上的追怀与浪漫主义的想象，而是历史战场上真实的刹那再现——这种现场再现的方式也渗透到和平年代的每个庄严肃穆的地点——在战友、敌人和恋人之间继续以一种严谨的态度完成老兵的雕像。某种程度上，陈灿更像是秦俑工程中的陶艺师和雕塑家，他被真实的战斗塑造着自身，同时又以最近距离的观察和切身的体验为老兵建碑立传——这几乎是诗人唯一的工程，唯一的使命。就此而言，伤痕、朦胧、现实主义等时代意义上的文学使命恰恰是其次的，重要的是——把老兵精神从边缘化的际遇中重新拉回到时代精神的核心中来。这也正是陈灿写诗的初衷：

我写诗不是为了把文字分行

而是为了将走远的人一个一个拉近——

（该文刊于 2017 年 5 月《黄河诗报》（季刊）总十九卷。章闻哲，诗人、青年诗歌评论家。）

诗歌是一颗幸福的子弹

——读陈灿诗歌

卢　山

现在放在我手上的是诗人陈灿的诗集《士兵花名册》和《抚摸远去的声音》。近五百首诗歌像五百座泣血的丰碑，矗立在群山之巅，压得我喘不过气来。

十八岁参加西南边境反击战，负伤后在病床躺了两年多，历经多次手术九死一生，最后奇迹般地站了起来，并走进了当年的浙江大学，开启了另一个崭新的人生。他是战场英雄、象牙塔骄子，也是人民公仆，贯穿这几段传奇的人生经历的最重要的一个生命线索就是诗歌。“捧玫瑰而低吟，握刀剑而狂歌”，作为曾经的战士诗人，陈灿手握钢枪和缪斯之笔，“在废墟上升起一面诗的旗帜”，“感情里始终有一颗上了膛的子弹”。

“我的诗中可以拧出血来，我的诗句都是战友的骨头在支撑着。”（《拧亮诗的灯盏》）把自己关在家里，我集中三天假期的时间一鼓作气地读完这些滴血的文字，内心仿佛被无数子弹重击，几乎说不出话来。作为一个出生和成长在一个绝对和平时期的青年写作者，在阅读陈灿的诗歌之前，我只能从一些长者的描述和网络新闻中搜寻这段历史的一二点滴，每每为战争的惨烈扼腕叹息。通读他的这两本诗集后，我被带进了血肉横飞的战争现场，仿佛和作者一起登上了那辆开往大西南的闷罐列车、钻进了潮湿炎热的猫耳洞、扣动射向对方的子弹……

一部伟大作品的诞生依赖于优秀的作者，然后就在漫长的一生里等待它的最佳读者；在相互解读和建构的过程中，双方完成一次伟大的握手。我是一个幸运的人，有机会领受这些生与死的精神遗产，以一个80后年轻人的眼光见证这段慷慨悲歌的历史。

陈灿说："我写诗不是为了把文字分行，而是为了将走远的人一个一个拉近。"这些年他用诗歌完成自己，也完成他们那一代人的青春和理想的纪念碑。诗歌让他永远地停留在二十世纪八十年代初的那个盛夏，行军且悲歌，振衣千仞岗，并在他的生命里保留一座永恒的老山。诗歌是生命的情感表达，也是真实的艺术，在他泣血的语言叙述中射出一排排子弹，给我们营养不良的人生一次次痛击，并为我们树立起一座座坚硬的精神丰碑。

他写对战友们生死相依的情感："不应该埋怨一个死去的士兵/什么也没有留下/阳光活着/风还在动/日子界碑一样站稳了脚跟。"（《一个士兵留下什么》）"对于一个上了前线的士兵来说/只有那一封含泪放进留守包里的遗书/是最值钱的家当。"（《一个士兵的遗产》）喝下出征酒，吼出满腔怒火和乡愁，他们是一群"把界碑视为自己墓碑的人"（《这样一群人》）。作为一名战士，穿上军装，便不问生死，活着就是一座行走的墓碑，死去也能润泽脚下的国土。"起伏的山峦如失血的产妇"（《国界线上 你抬起脚》）。十八岁的青春在老山战场集结："我的年轻的兄弟/青春的头剃得油光锃亮/列队/就是一梭子弹/等待祖国一声令下/把自己射出枪膛。"（《八月，站在灵魂之上》）"祖国的边境线有多长/我的爱就有多辽阔。"（《大爱》）"我的祖国/就是身旁那/绵延的边境线/就是我中弹倒下时/死死搂在怀中不愿松开的 / 半块活着的界碑……”(《致祖国》)从这些文字里，一个战士拳拳爱国之心可见一斑。军人是单纯而可爱的，毕竟还都是一群毛头小子呢，却用血肉之躯建立起大西南的钢铁长城。

流血漂橹、杀人如麻，当然，古今以来战争都是残酷的。他写对方一个被射杀的士兵：“于是那个人死了 / 死的时候好像还喊了句什么 / 但我们无法听清 / 但我们知道他想说什么 / 因为我们都是军人。”(《对峙》)《月涌边关梦》再现战争惨烈之状：“血已经凉了 / 月光流淌在 / 士兵的血上 / 染红了月亮的梦。”“一只刚刚炸飞的眼球 / 动了动 / 用尽内心的力 / 想好好睡一觉 / 可这只眼 / 已经永远无法 / 闭上。”血肉之躯都是母亲的儿子，战争却从不过问谁的乳名。

在死亡犹如夜幕低垂的战场上，“面对死亡，我仍在惭愧中寻找诗的灵感，依然追寻与坚守着灵魂深处圣洁的精神高地”(《拧亮诗的灯盏》)。“战场是一张被战火烤焦的稿纸 / 战壕是一首纵横交错的诗。”(《战士是一个动词》)一张诗人陈灿在前线猫耳洞里写诗的照片被历史性地保存下来，成为他一生最骄傲的一个瞬间。诗人终究是被缪斯宠坏的月亮骑士，总是偏爱“战地黄花分外香”，相对于其他战友，陈灿的革命浪漫主义精神气质在前线阵地开出一朵朵诗歌之花。

战争可不是开玩笑，牺牲随时在发生，炮弹也不会放过一个浪漫主义诗人。陈灿在战役中被一块炮弹炸飞，额头血如雨注，并从山崖滚落下去，醒来时已经在飞往后方医院的直升机上。历经多次手术，甚至要把腰间的骨头拆下来补在腿上，两年多的时间里被囚禁在一张洁白的病床上。这段时间里他写诗度日，把每一首诗歌当作遗言，最后奇迹般地依靠着双拐站起来。

他在文字里记录了这段艰难的时光："站在二十岁花开的地方 / 云南蒙自 / 伸手接过我那双受伤的翅膀 / 把我的青春存放半年之久 / 却没有让我行走半步。""蒙自 蒙自 蒙自……/ 你给了我一刀又一刀 剧烈的痛 / 也给过我一针又一针 / 温柔的 深深缝进记忆的爱。"（《蒙自》）"你是双桨 / 摆渡着一只受伤的船 / 摆渡着一个不屈的灵魂。"（《双拐》）作家海明威参加过两次世界大战，身上中了 230 多块弹片，肺肝脾破裂；战争放过了海明威，留下了《太阳照常升起》和《永别了武器》两部伟大的作品。"一个人可以被摧毁，但不能被打败"，诗歌给了这位青年人强大的精神勇气，乘着缪斯的翅膀，陈灿奇迹般地走出病房，从此在文字的天空里自由驰骋。

二十余年如一梦，此身虽在堪惊。他无数次梦回老山："七彩云南，处处是风景，唯有通向老山的路没有风景。"（《拧亮诗的灯盏》）。"站在当年倒下的地方 / 一发渴望中的子弹 / 瞬间 / 再次将我击倒。"（《站在当年倒下的地方》）"老山是一部厚厚的兵书……没有比老山更精神的石头，没有比老山更沧桑的石头，更没有比老山更顽强的石头。也没有比老山更温暖的诗句。"当年作战的老山已经成为诗人生命里永恒的精神家园，那里盛开着他十八岁的青春记忆，也残留着一座座沉默无言的遗憾。

"在天空下列队的墓碑 / 是一条条竖着的银河"，更是"滴血的惊叹号"（《呵 老山》）。"尽管还有一条腿 / 在大地上一笔一画地写着 / 一个大写的人。"（《老山魂》）"即使演化为沉默的岩石 / 也将历史敲打得叮当作响。"（《英雄山》）"我要把你的名字喊醒 / 我要把你倒下的名字 / 喊起来 / 站在墓碑上。"（《"点名——"》）。历史只会保留少数人的发言，大多数人的声音化为沉默。这是陈灿生命和诗歌中永恒的痛点，也是岁月与历史从来都解不开的遗憾。

“我踩着自己的灵魂来看你们 / 你们的沉默是我诗中的雷鸣。”（《走过陵园》）“我什么也没有说 / 只对着一堆泥土屈下双膝 / 只对着一块石头 / 轻轻喊了一声 / 你的名字。”（《轻轻喊你》）“许多有滋有味活着的人 / 在写着墓志铭 / 你墓碑上除了自己的名字 / 没有多余的文字。”（《烈士墓前》）烽烟云散，大地再次收获宁静，人们四散离去，一堆骸骨却永远地留存在祖国大西南的这片山巅。“来吧，亲爱的兄弟，再拥抱一次，喝完这杯酒，我们一起回家。”陈灿试图登记下士兵花名册，再次开始点名，将倒下去的战友一个一个喊起来，重新集结列队，等待祖国和母亲的检阅。

烽烟已远，斯人已逝，生活仍在继续。他写走下战场的老兵：“一个退役的老兵，嘴角仍然含着一颗子弹，坚守在精神的高地上。”（《拧亮诗的灯盏》）“一个老兵与其他人 / 最明显的区别在于 / 他有一根骨头 / 一根倔强的脊梁骨。”（《老兵》）“可是今天 / 一个从战场上走下来的老兵 / 常常被一些战争之外的事物击打。”（《伤》）“一支退役的老枪 / 嘴角始终衔着一颗子弹。”（《一支退役的枪》）吟到恩仇心事涌，江湖侠骨已无多。没有退役的战士，只有牺牲的英雄。脱下军装，走出营帐，割不断的是对军旅生涯的骨肉相连的情感。现代化的灯红酒绿、车水马龙之中，虽然有时候常被人情世故击打，但一个战士依然坚挺着骄傲的头颅和不屈的脊背。

二十世纪八十年代，陈灿已经在战火里完成了自己的青春，而我才刚在皖北平原的一个村庄出生。我和陈灿的故乡都是皖北平原上的一个村庄，“门前有一条河流在记忆中缓缓流淌”，只不过他的河流叫作“涡河”，而我的是“石梁河”。“泥土的气息、青草的味道、知了的叫声、蚂蚁的秩序、夜晚特有的狗吠、清晨的鸡鸣等”，他在文字中深情回忆的这些不就是我们共同的故乡吗？淮河大地，鸡鸣狗吠、炊烟袅袅，多可爱的故乡。乡音无改鬓毛衰，乡音拉近了两个忘年交的距离，更是在一瞬间带我们回到了北方故乡的现场。相对贫穷的皖北平原、可爱的父老乡亲、坚韧不拔的外省青年……这些不就是我们共同的青春和人生记忆吗？只不过陈灿的青春经历了一场战火的生死磨炼，他的诗歌可以拧出血来，这是我一生都无法企及的高度和境界。

乡愁的炊烟从未消散在陈灿的诗歌里。“一场激战过后 / 我听见故乡的炊烟在喊我。”“当炊烟与硝烟推搡在一起 / 请不要犹豫 / 就用我布满弹孔的身体 / 为大地吹奏一支安魂曲。”（《故乡在喊我》）他无数次梦想坐上归乡的列车，“要在桃花开前回到故乡”，回到魂牵梦绕的皖北平原的小乡村，为故乡巡逻站岗，守望从母亲的厨房里升起的那一缕炊烟。“那枚我至今仍喜爱着的纽扣 / 把我同故乡紧扣在一起 / 一生都无法解开。”“南方的绿色血液 / 从北方的慈祥里流出。”（《碑》）在子弹横飞的南国战场，故乡给予了诗人强大的精神佑护。

即使走出营帐来到杭州参加工作以后，他的笔下也总是萦绕着一条美丽的涡河。“父亲，在您长满青草的坟头 / 从此有我 / 一年四季 / 为您献上青青诗句。”（《父亲，我来看您来了》）“田间的小路 / 弯弯曲曲 缓缓 / 折叠在母亲的 / 额头。”（《故事》）“我咀嚼着炒得喷香的蚕豆 / 如咀嚼着咯噔脆响的乡音。”（《邮包》）大地青草长，游子归他乡。独在异乡为异客，我们在乡音中分享一轮“异乡人的月亮”，因为记忆里只剩下一座“永远的存在”。

好儿郎当兵去，当兵光荣归故乡。宁为百夫长，不做一书生。

少年时期读到诗人田间的《假如我们不去打仗》:“假如我们不去打仗,敌人用刺刀杀死了我们。还要用手指着我们骨头说:‘看,这是奴隶。’”我在想,真的有一天发生了战争,哪些人会义无反顾慷慨赴死呢?答案肯定不是我身边的这些五颜六色的人。在我早年的记忆里,家乡的年轻人似乎只有两种出路:一是读书,将来考上大学,端上铁饭碗;二是当兵,最好能留在部队,或者转业回来当保安。学成文武艺,货与帝王家。“自小刺头深草里”的农村少年,按照祖祖辈辈遗传下来的教诲前仆后继、挥汗如雨、咬牙切齿,妄图“鲤鱼跃龙门”改变命运。

陈灿选择了当兵。“二十世纪八十年代初期一个深秋的傍晚,一列闷罐军用火车一声长鸣,把我带离了故乡。从此,一颗心便一直晃荡在天南地北间。”(《拧亮诗的灯盏》)“那年一个盛夏,再次坐上一列闷罐军用火车,一路向西,经过一周左右大海行船般剧烈的摇晃,把我和我的战友送到西南边境小城。”“好儿郎,上战场,上战场扛枪多风光……”童年的家乡歌谣在耳畔响起。男儿立志出乡关,出去之后呢?还能回来吗?多少母亲在村口的大槐树下送出去枝繁叶茂的儿郎,却在某一天收到一堆无法辨认的白骨?陈灿倒是有一些革命的浪漫主义:“即使我的人生日历 / 被子弹钉在十八岁 / 故乡也会流一滴自豪的泪。”(《战地雕像》)家国有难,假如他们不去打仗,谁去打仗呢?

无数像陈灿这样乡土大地的孩子,青春刚刚绽放,便把自己的命运义无反顾地交给了一列火车,交给了一声令下的祖国。一将功成万骨枯,上天眷顾这个来自皖北平原的青年,一个折翼的战士死里逃生,并且成了一个优秀的诗人。并不是每个战士都像他这样幸运，那些烈士陵园里无数的有名的、无名的墓碑，不是静静地矗立在那一片南国的深山老林里吗？花开花落，云卷云舒，四野寥落，寂静无声。

“谁的名字返回故乡 / 不知所措 / 谁的名字遗落在石头上 / 垫高日月。”他们需要站起来抗议吗？他们需要被祭奠吗？不需要。这是一种与生俱来的使命，自从登上了那列闷罐火车，就已经注定此生的命运。“庭树不知人去尽，春来还发旧时花。”大地无言，山河壮美，似乎是对他们最好的奖赏和肯定。

“耳畔频闻故人死，眼前但见少年多。”莱特说与我们同行的人，比我们要达到的地方更重要。电影《芳华》上映之后，陈灿备受鼓舞和感动，这一代人的青春和故事得以被国人所知。奔腾的热血再次集结，青春的烈火燃烧全身。他甚至激动地像个孩子似的要把新出版的诗集《士兵花名册》亲手送给导演冯小刚，向他致敬。

从战场走进象牙塔，再到机关，这些传奇的人生履历里，诗歌一直如宿命般形影不离。陈灿在《拧亮诗的灯盏》里写道：“我把别人喝茶、聊天、打牌打发走的时间领回了书房，领进我的精神领地里，让黑白不分的空气，净化为白纸黑字的纯粹。”当年他在硝烟弥漫的战场上寻找诗歌的灵感，如今天他在繁忙的公务里打磨人生的诗意。“请让我把打满补丁的躯体 / 放在这条板凳上 请别介意 / 在这只冷板凳上我要再坐它十年。”（《请让我把打满补丁的躯体》）他是从战场上走下来的民族英雄，潜伏在物质丛林里，点燃诗歌的火把，如今在另一条战线上再次悄然前行，伺机而动。今天或许我们不再有魏晋时期雪夜访戴的佳话，但诗意的情怀和感知依然是评判一个诗人状态的最好佐证。在猫耳洞里写下《出征酒》是一种青春的悲壮，在办公室写下一首首诗歌或许是另一种人生的浪漫。青春的陈灿和人到中年的陈灿，诗歌依然是他最好的精神通行证。

“我可以不被一个人吸引 / 却不能不让一首诗打动。”（《一个人与一首诗》）“诗歌在上 / 请接受一个诗歌囚徒的 / 顶礼膜拜。”（《诗歌在上》）“选择诗歌，便选择了一生生活在爱里。”（《诗歌照亮生活》）陈灿多次在文字里向诗歌表白，感恩于诗歌的精神滋养和佑护。行走过的山河构成了我们自己，无论是腾跃的波浪，还是呼啸的子弹，都在肉体凡胎上烙印下我们活着的印记；让我们带着自己的创伤，带着诗歌和子弹在人世间爱着、活着。

写诗就是一种修炼和悟道，作为从战场上走下来的战士，陈灿这些年试图用文字建造一座他们那个时代的庙宇和纪念碑。在这些泣血的文字面前，任何所谓的诗歌技艺都是无力的，正如天地有大美而不言，世间有大爱、大悲恸，又如何诉说？山河壮美，大地无言，一枚诗歌的子弹，从我们并不清澈的夜空呼啸而过。

（该文刊于《华声晨报・华星诗谈》。卢山，青年诗人、诗歌评论家。）

图书在版编目（CIP）数据

怀抱受伤的时光 / 陈灿著 . —北京：华夏出版社，2019.9
ISBN 978-7-5080-9744-2

Ⅰ . ①怀… Ⅱ . ①陈… Ⅲ . ①诗集 – 中国 – 当代 Ⅳ . ① I227

中国版本图书馆 CIP 数据核字 (2019) 第 070465 号

怀抱受伤的时光

作　　者	陈　灿	版　　次	2019 年 9 月北京第 1 版
责任编辑	蔡姗姗		2019 年 9 月北京第 1 次印刷
美术设计	李媛格	开　　本	670×970　　1/16
责任印制	周　然	印　　张	18.5
出版发行	华夏出版社	字　　数	194 千字
经　　销	新华书店	定　　价	58.00 元
印　　刷	三河市少明印务有限公司		
装　　订	三河市少明印务有限公司		

华夏出版社 网址 :www.hxph.com.cn 地址：北京市东直门外香河园北里 4 号 邮编：100028
若发现本版图书有印装质量问题，请与我社营销中心联系调换。电话：(010) 64663331 (转)